어른의 국어력

말과 글에 품격을 더하는
지적 어른의 필수 교양

김범준 지음

포레스트북스

'명확'은 안 되고 '명징'은 되는 이유

영화평론가 이동진 씨는 영화 「기생충」을 두고 다음과 같은 한 줄 평을 남겼습니다.

"상승과 하강으로 명징明澄하게 직조織造해낸
신랄하면서도 처연한 계급 우화"

이 한 줄이 논란을 가져왔습니다. 영화평에 군이 '명징'이나 '직조'와 같은 낯선 한자어를 써서 보는 사람으로 하여금 이해하기 어렵게 만든 이유가 무엇이냐는 게 핵심이었지요.

얼마 후, 그는 유재석 씨가 진행하는 예능 프로그램 「유 퀴즈 온

더 블록」에 출연하여 논란이 된 영화평에 대해 이렇게 답변합니다. "한 줄 평은 수사학이자 문학의 영역입니다. '명징'을 '명확'으로 바꿔 쓰면 그 맛이 나질 않습니다. 비슷하긴 하지만요. 예전에 프랑스의 소설가 플로베르Gustave Flaubert가 '정확한 상황에 어울리는 단 하나의 단어가 있을 뿐이다(일물일어설─物─語說)'라고 한 말을 저는 기억합니다."

유재석 씨의 질문이 이어졌습니다. 평론이 어렵다는 의견이 많은데 군이 까다로운 단어를 사용해야 하는가에 대해서요. 이동진 씨의 답은 이러했습니다.

"어떤 경우, 어려운 건 어렵게 쓸 수밖에 없는 말들이 있습니다. 축약해서 써야 하는 한 줄 평의 특성상 조어력造語力이 뛰어난 한자어를 쓰게 되는 상황이 생깁니다."

이 말을 듣고 여러분의 머릿속에는 어떤 생각이 드는지 모르겠습니다. 물론 일반인이 읽고 보는 영화평에 지나치게 어려운 한자어를 사용한다면 그건 나름대로 불편함이 있겠으나 저는 자신의 언어적 철학에 따라 지적인 어휘를 사용하는 이동진 씨가 참 멋있게 보였습니다. 말 한마디로 자신의 존재를 드러낼 줄 아는, '국어력'에 관한 한 최고 레벨에 도달한 사람이 가진 아름다운 무게감이 느껴졌습니다.

"사과가 왜 심심?", "3일 연휴가 왜 사흘?"

각종 논란이 보여준 문해력의 현주소

글을 읽지 못하고 쓸 줄 모르는 사람의 비율을 두고 '문맹률文盲率'이라고 합니다. 우리나라는 지구상에서 문맹률이 가장 낮은 국가 중 하나로, 사실상 0퍼센트 정도라고 합니다. 하지만 글을 읽고 쓰는 능력, 문맹률을 넘어 글을 해석하고 이해하는 능력인 '문해력文解力' 혹은 리터러시Literacy 능력의 수준은 조금 다릅니다. 2018년에 한국 교육개발원이 OECD가 만든 문해력 조사 문항을 활용해서 조사한 바에 따르면, 우리나라의 문해력은 약 49.8퍼센트로 33개 회원국 가운데 16위에 올라 중간 정도에 머물렀습니다.

문해력이 낮다는 것은 문장 안에 기술된 사실을 파악하고 답하는 능력의 부족함을 의미합니다. 문서에 담긴 복합적인 요소들을 분석하고 이해하는 능력 역시 수준에 못 미친다는 것도 포함합니다. 혹은 단순하게 글을 읽고 말을 할 수는 있으나 타인과 대화하거나 글을 주고받을 때 소통에 어려움을 겪게 되는 이유가 되기도 합니다.

우리나라의 문맹률과 문해력의 차이, 요즘 세태를 보면 바로 알 수 있습니다. '심심한 사과'를 두고 '사과가 심심했나?'라고 알아듣고, '유선상'이란 어휘를 사람 이름으로 잘못 이해하며, 전혀 이해하지 못하다는 뜻의 '몰이해沒理解'라는 한자어를 '뭘 이해'라는 말이 잘못 써진 걸로 아는 웃지 못할 상황이 심심치 않게 발생하곤 했습니다. 중국 음식이 아닌데 왜 중식中食이라고 하는지, 오늘이라는 말을 두고 왜 금일今日이라고 하는지, 사흘이 왜 4일이 아니냐고 질문하는 사람 또한 많습니다.

이 모든 사태는 문해력과 어휘력의 부족을 의미합니다. 그런데 이상합니다. '모르는 사람도 많은데 굳이 저런 어려운 단어를 쓸 필요가 있냐?' 혹은 '왜 어려운 말을 써서 나를 곤란하게 만드냐?'라고 하며 화를 내는 사람이 적지 않다는 것입니다. 그 점이 저는 조금 놀라웠습니다. 부끄럽기는 하겠지만 본인이 모르는 게 있다면 그 사실을 인정하고, 조금씩 배워나가면 되지 않을까요.

우리의 일상을
품격 있게 빚어낼 국어의 힘

초등 교과 과정에서는 국어를 말하기, 듣기, 읽고 쓰기로 구분합니다. 이 세 가지 기능은 독립적이지 않고 유기적으로 이어지는데 각 기능을 고르게 길러야 언어 능력이 종합적으로 향상되기 때문입니다.

저는 말하기, 소통과 관련된 여러 권의 책을 쓰고 강의를 하며 다수의 청중을 만나왔는데 생각보다 굉장히 많은 분이 이 언어 능력에 대한 낮은 자신감을 갖고 고민하고 있었습니다. 나이, 성별, 업종에 상관없이 각계각층의 사람들에게서 나타나는 두드러지는 공통점이었습니다. 안타깝게도 국어와 관련된 지식이나 이해도가 부족하면 사실 해당 분야뿐만 아니라 삶을 유지하는 데 필요한 전반적인 다른 분야의 지식, 이해도 등이 떨어질 확률도 높습니다. 읽기, 말하기, 쓰기는 우리 삶 전반을 아우르는 것이니까요.

『어른의 국어력』을 읽기 위해 집어든 여러분은 아마도 성인일 것입니다. 그러나 나이를 먹었다고 해서 어느날 갑자기 '완성된 어른'이 되지는 않습니다. 학교를 졸업했다고 해서 배움이 끝나는 것도 아닙니다. 어른으로서 읽어야 할 것을 읽고, 말해야 할 것을 말하며, 써야 할 것을 쓰는 능력을 갖추고 있되, 동시에 상대의 언어가 내가 쓰는 것과 다르다고 우악스럽게 화를 내기보다 다름을 인정하고, 모르는 것은 배우면 된다고 생각할 줄 아는 열린 마음까지 포함한 것, 지식의 깊이와 바람직한 태도 그 모두를 총칭하는 것이 바로 '어른의 국어력國語力'이라고 생각합니다.

태도에 대해서 조금 더 설명을 덧붙이자면 갖춰야 할 예의가 없는 사랑은 '폭력'이라고 할 수 있듯이, 마찬가지로 예의가 없는 말하기, 듣기 그리고 쓰기 또한 폭력, 적어도 불편함이 될 것입니다. 타인에게 불편한 사람이 되기를 원하지는 않으시겠죠. 이제 이 책으로 읽기를 통해 말하기를, 읽기와 말하기를 통해 쓰기를 배우며, 삶의 손익분기점에서 더 나은 선택을 할 줄 아는 진짜 어른이 되기를 바라겠습니다.

2023년 여름의 한복판에서,
저자 김범준

차례

2 장

말하기 말을 할 거라면 그 말은 침묵보다 나아야 한다

읽기

상위 1퍼센트의 책장에서 찾아낸
레버리지 독서법

1

'탄압'과 '탑압' 사이,
내가 틀릴 수도 있지만……

'인내력忍耐力'이라고 하면 '괴로움이나 어려움을 참고 견디는 힘'을 의미합니다. '전투력戰鬪力'은 '전투를 수행할 수 있는 역량'을 뜻하고요. 이렇듯 하나의 단어, 즉 인내 혹은 전투와 같은 말에 '력力'을 붙이면 '힘' 또는 '역량'의 의미가 더해집니다. 인내를 통해 얻어내야 할 그 무엇, 전투로써 이겨내야 할 그 무엇에 대한 희망을 의미하는 것일 터입니다.

그동안 어른들에게 국어는 원하는 무언가, 궁극적으로 바라는 대상이 아니었습니다. 굳이 필요한 힘 또는 역량과 거리가 멀었습니다. 초·중·고등학교를 거치면서 접한 국어란 그저 외우고 반복하는, 지루한 과정을 거쳐야 하는 시험 과목의 일종이었을 뿐이었죠. 굳이 국어에 '력'을 붙일 이유도 없었습니다. 대학에서 그리고 직장에서 국어력의 수준을 측정하지 않기 때문입니다.

취업을 목표로 하거나 직장 내 승진을 위해 자신의 업무와 관계도 없는 토익 시험을 치른 경험이 있을 겁니다. 하지만 국어 시험을 보는 직장, 찾아보기 어렵습니다. 국어를 잘하지 못한다고 누군가가 일거리를 빼앗지도 않습니다. 그렇게 국어는 나이가 들어갈수록 '나와는 관계가 없는 그 무엇'으로 평가절하를 받게 됩니다.

하지만 이렇게 별 볼 일이 없던 국어의 가치가 달라진 요즘입니다. 잘 정비해두지 않으면 어른으로서의 교양 그 자체를 평가받는 기준이 되어버렸습니다. 일방적 소통이 주主를 이루던 시대가 지나고 양방향 아니 역방향, 즉 (과거 기준에서의) 약자에게서 강자를 향한 커뮤니케이션이 대세가 되면서 말하고, 쓰고, 읽는 국어력이 나 자신을 대변하게 되었습니다.

나이가 들었다고 혹은 지위가 높아졌다고 해서 누군가가 말을 들어주는 시대는 지나갔습니다. 반대로 들어주는 누군가를 위해 최선을 다해 자기의 말을 정리한 후에야 세상에 표현하는 게 소통의 기본예절로 여겨지게 되었습니다. 말을 잘하면 수십만 명이 팔로잉하는 유튜버가 되지만 단어 하나 잘못 사용했다간 존경받는 어른으로 대접받는 대신 우스운 어른으로 취급받게 됩니다.

언젠가 정치인들이 피켓 시위를 진행한 바 있습니다. 부당하게 불이익을 겪고 있다며 시작된 것이었죠. 하지만 결과적으로 그 시위는 정당성이 사라진, 비웃음의 대상으로 전락하게 되었습니다.

그 이유는 피켓에 적힌 '정치 탑압 중지하라'라는 문구가 문제였습니다. 뭔가 이상하죠? 맞습니다. '탑'이 문제였습니다. '탄압'을 '탑압'으로 써서 오타를 낸 것이죠.

오타는 당연히 생길 수 있습니다. 하지만 그 오타를 발견하지 못한 건 참으로 안타깝습니다. 보좌관이 만들어준 피켓이라고 이해하고 싶으나, 최소한 문구에 눈길 한 번이라도 줬다면 절대 그냥 지나치지 않았을 극히 찾기 쉬운 실수였다는 점에서 안타깝기 이를 데 없습니다. 만약 이를 모른 채 목소리만 높인 거라면 피케팅에 참여한 정치인들 전체의 국어력을 의심하지 않을 수 없습니다.

이를 두고 '글자 하나 잘못 쓴 거 가지고 왜 전체적인 내용을 폄훼하느냐'라는 항의를 받을 수도 있겠습니다. 인정합니다. 바쁜 일정 중에 잠시 피케팅에 참여한 것 그 자체만으로도 시위의 진정성을 의심해선 안 된다는 생각도 드니까요. 하지만 그렇게 여유로운 시선으로 정치인을 바라보는 국민들이 과연 몇이나 될까요?

탄압을 탑압으로 쓴 것에 대해 무작정 비판하고 싶지는 않습니다. 다만 어려운 시간을 내어, 힘든 과정을 거쳐 무엇인가를 이룬 어른이라면 '그저 그런' 국어력을 세상에 노출시킴으로써 자신의 가치를 훼손할 이유는 전혀 없다는 점을 말씀드리고 싶을 뿐입니다. 이왕이면 국어력 덕분에 실제 자기 수준보다 더 나은 가치를 인정받는 것이 낫지 않겠습니까.

탑압으로 오타가 난 것은 '쓰기'의 문제입니다. 여기에서 멈췄다면 그래도 그냥 그런가 보다 하고 넘어갈 수 있습니다. 하지만 어른 답지 못한 해명이 문제였습니다. 어른의 국어력은 쓰기뿐 아니라 말하기도 해당되는데 이 해프닝에서는 말조차 성숙하지 못했습니다. 오타 한 글자에 대해 말꼬리를 잡는 상대 진영 정치인들의 비판도 실망스러웠지만 그에 대한 답변 역시 아쉬웠습니다.

"얼마나 '탄압'이 세면 '탑압'이 되었겠는가!"

재미있지도 않은, 교양과도 거리가 먼 이런 말장난 같은 표현에 국민을 대표하라고 이들을 뽑아준 사람들은 실망할 수밖에 없습니다. '제대로 확인하지 않은 데서 생겨난 불찰이다' 혹은 '사과한다'라고 깔끔하게 잘못을 인정하면 될 것을 굳이 맞받아쳐서 상대방을 비난하거나 상처를 주려는 태도, 본인의 국어력부터 점검해보라고 조심스럽게 권하고 싶습니다.

물론 이렇게 말씀드렸다고 해서 어휘력을 높이라는 말부터 대뜸 하고 싶지는 않습니다. 국어사전을 보면서 단어 하나하나를 찾아보라고 강요하지도 않겠습니다. 기계공학 분야에서 일하는 분에게 채권투자에 관한 책을 읽으며 용어를 연구하라고 말하지도 않을 것이고요. 다만 우리가 살아가는 영역에서 꼭 필요한 읽기를 통해 자연스럽게 어휘력도 높이는 수준만 되면 충분하다고 격려하겠습니다.

그래도 어휘력이 걱정되는 분께는 이렇게 위로를 드리고 싶습니다. 어느 유명한 저자가 했다는 말인데 저 역시 정말 그러하다고 생각하니까요. "쉬운 말을 두고 굳이 어려운 용어를 쓰는 사람은 대부분 사기를 치려는 사람입니다." 본인의 어휘력이 부족하다고 여겨진다면 스스로 자책하고 비하하기 전에 그렇게 어려운 단어를 쓴 사람부터 의심하면 됩니다. 마음이 한결 편해지시죠? 중요한 것은 모르는 것을 배우고자 하는 자세이니 본인의 지식이 부족하다고 너무 의기소침해지지는 않았으면 좋겠습니다.

어쨌거나 이제부터 우리는 어른의 국어력을 연구해보려 합니다. 우선 읽기부터 어른스럽기를 바랍니다. 잘 읽어야 잘 말하고, 잘 쓸 수 있으니까요. 그 후 자신의 의견을 표현하는 말하기와 쓰기도 알아보려 합니다. 정제된 텍스트로 자신을 세상에 내보이지 못하면 그 사람 자체가 정돈되어 보이지 않는 법이니까요.

2

'헐', '대박', '진짜'가 입에 붙은
당신에게 꼭 필요한 태도

간단한 어휘력 테스트 문제 하나를 보겠습니다.

Q. 다음 단어의 뜻을 적어보세요.

- 대관절大關節
- 을씨년스럽다
- 시나브로
- 개편하다
- 오금
- 샌님
- 미덥다

생각보다 어렵죠? 먼저 답부터 말씀드립니다.

대관절	여러 말할 것 없이 요점만 말하건대.
을씨년스럽다	① 날씨나 분위기 따위가 몹시 스산하고 쓸쓸한 데가 있다. ② 보기에 살림이 매우 가난한 데가 있다.
시나브로	모르는 사이에 조금씩 조금씩.
개편하다	① 책이나 과정 따위를 고쳐 다시 엮다. ② 조직 따위를 고쳐 편성하다.
오금	① 무릎의 구부러지는 오목한 안쪽 부분. ② 아래팔과 위팔을 이어 주는 뼈마디의 안쪽 부분.
샌님	① '생원님'의 준말. ② 얌전하고 고루한 사람을 놀림조로 이르는 말.
미덥다	믿음성이 있다.

저에게도 만만치 않은 문제입니다. 당연합니다. 일상의 언어를 개념화한다는 건 그리 쉽지 않은 일이니까요. 오히려 단어의 뜻을 정확히 말하지 못한다고 해서 '국어 능력이 부족하다'라고 단정 짓는 것도 문제라고 생각합니다. 모를 수도 있죠. 단 어른이라면 모르는 건 모른다고 해야 하고, 가능하면 알 수 있도록 노력하는 게 옳은 모습이라고 생각합니다.

한번은 재밌는 에피소드를 들었습니다. 앞의 문제를 중학생 자녀에게 냈다는 한 부모의 이야기입니다. 어휘를 중학생 자녀에게 그대로 보여줬더니 답을 이렇게 썼다고 하더군요.

대관절	큰 관절
을씨년스럽다	욕?!

시나브로	신난다.
개편하다	정말 편하다.
오금	지하철역 이름
샌님	선생님의 줄임말
미덥다	믿음이 없다.

괜찮습니다. 아직 중학생인데요. 오히려 직관의 힘이 대단하게 느껴지는 대답이라고 좋게 생각하고 싶습니다. 하지만 어른의 답이 중학생의 답과 비슷한 수준이라면 일상과 일터에서 결정적 순간에 자신의 가치를 스스로 깎아 먹을 수도 있는 빌미를 제공하게 될지도 모르는 일입니다. 어른의 어휘는 말 그대로 어른의 어휘다워야 함이기 때문이죠.

'헐', '대박', '진짜'만 있으면 한국인은 누구하고나 대화가 가능하다는 우스갯소리를 들은 적이 있습니다. 물론 일상에서 친구나 동료와 편하게 대화를 나누는데 굳이 어려운 표현을 찾아 쓸 필요는 없지만 (이런 사람을 경계하라고도 했습니다만) 본인이 평소 자주 쓰는 어휘가 무엇인지 한 번쯤 점검해볼 필요는 있습니다. 사용하기 쉽고 편하다는 이유로, 예를 들어 기쁘고 신날 때도 '완전 대박!', 슬플 때도 '대박……' 등 각기 다른 상황에 자꾸 같은 표현을 반복해서 쓰다 보면 그렇게 언어 습관이 고착될 수 있습니다. 궁극적으로 쓰는 어휘에 한계가 생기면 생각이나 표현에도 한계가 생기기 마련입니다.

톨스토이Leo Tolstoy의 소설 『사람은 무엇으로 사는가』에는 천사

미카엘이 하늘로 올라가기 위해 답을 찾아야 했던 질문이 있습니다. 그중 하나가 '사람에게 주어지지 않은 건 무엇인가?'였습니다. 참 막연한 질문입니다. 여러분은 무엇이 생각나는지요. 이에 대한 답은 '자신에게 무엇이 필요한지에 대한 자각'이라고 합니다.

사람은 어떻게 사는 게 바람직한지, 또 자신에게 진정으로 필요한 게 무엇인지 모르는 채 태어났기에 '무엇이 필요한가?'라는 질문을 끊임없이 스스로 물어야 하는 숙명을 지니고 있습니다. 국어력 역시 마찬가지입니다. 먼저 세상과 관계를 맺는 사회인으로서 국어력을 조금씩이라도 높여야 하겠다는 필요성부터 스스로 깨달아야 합니다.

국어력을 높이기 위해서는 텍스트를 자주 보고, 많이 친해지면 됩니다. 시시껄렁한 누군가의 SNS 한 줄 메시지에도 재미를 느끼며 때로는 어휘의 내용을 깊이 생각하면서 읽는 것만으로도 국어력은 얼마든지 향상될 수 있습니다. 재미없고 건조한 공부를 하려고 애쓰지 않아도 되므로 너무 부담 갖지 마시길 바랍니다.

3

책에서
반드시 읽어야 하는 이 부분

몇 년 전, 이화여대 부근에 있는 음악 전문 서점에서 주최하는 독서 모임에 참석한 적이 있습니다. 음악 관련 서적을 다 함께 읽었습니다. 그런데 독특하게 읽는 범위가 한정되어 있었습니다. 이름하여 '머리말 읽기 모임'이었으니까요. 책 한 권 중에서 머리말만 읽는 겁니다. 어땠냐고요? 재밌었습니다. 유익했던 건 물론입니다.

그 모임을 주최했던 분은 왜 '머리말을 읽자!'라고 제안했을까요. 아마 책을 잘 아는 분이었기 때문일 겁니다. 저도 책을 쓰게 되면서 머리말을 예전과는 다른 시선으로 바라보게 되었음을 고백합니다. 책 한 권의 길잡이와 같은 역할을 하는 것, 그것이 바로 머리말입니다. 책을 잘 읽고 싶다면 머리말을 소홀히 해선 안 되는 이유입니다.

퀴즈를 하나 내볼까요. 여러분이 책을 쓴다고 가정해봅시다. 일반적으로 머리말은 언제 쓸까요. 처음 글을 쓸 때? 아닙니다. 물론 우리는 보통 책을 순서대로 읽습니다. 표지, 내지의 저자 소개, 머리말 그리고 차례를 확인한 후 본문을 읽기 시작합니다. 하지만 저자들도 책을 이 순서대로 쓸까요? 아닙니다. 정반대입니다. 머리말은 책의 위치상 앞쪽에 있다는 뜻이지, 가장 먼저 쓰는 건 아닙니다.

저자들은 보통 본문 내용을 제일 먼저 쓰고, 차례를 정리한 후 머리말을 씁니다. 참고로 책의 제목은 출간 마지막까지 저자가 진통을 겪으며 바뀌고 또 바뀌는 경우가 대다수입니다. 어쨌거나 머리말은 책을 쓸 때 가장 마지막 단계에 작성하는 경우가 많습니다. 다만 머리말의 위치적 특성으로 인해 독자에게 말을 처음 거는 부분이 되니, 저자는 책을 독자가 어떻게 봐주었으면 하는 바람을 담아 쓰게 되는 것이지요.

책이 잘 안 읽힌다면 한번 머리말을 차분히 읽어보세요. 저자가 집필하게 된 계기나 배경, 전체 내용의 요약, 의의 등을 확인하면서요. 책 한 권을 제대로 읽고 또 핵심을 빠르게 파악하기 위해서는 저자가 어떤 이유로 책을 썼는지부터 확인해야 합니다. 머리말을 잘 읽으면 주제가 앞으로 어떻게 진행될 것인지도 예측할 수 있습니다. 책의 전반적인 흐름과 주요 부분을 가늠하는 데 도움이 되는 것이지요.

또 책의 문체가 어떠한지 엿볼 수도 있습니다. 사람과 대화할 때도 말투에 따라 인상이 다르게 느껴지는 것처럼 책 역시 비슷합니다. 간결하고 명료한 문체도 있고, 길더라도 비유와 사례를 적절히 섞어가며 정확하게 설명하는 문체도 있습니다. 머리말을 읽으며 이 책이 나의 호흡과 궁합이 맞는지 확인하는 것도 독서에 큰 도움이 됩니다.

참고로 머리말을 볼 때는 다음과 같은 부분에 중점을 두고 읽으면 좋습니다. 특히 경제 경영, 자기계발 관련 도서를 읽을 때 꼭 확인했으면 하는 점검 목록입니다.

① 저자는 어떤 분야의 전문가일까.
② 저자는 왜 이 책을 쓴 걸까.
③ 저자가 특히 집중한 부분은 무엇일까.
④ 저자가 알아낸 부분은 무엇일까.
⑤ 저자의 개선 방안은 어떤 효과를 가져왔을까.

머리말을 잘 살펴보면 책의 어느 부분에 집중해야 할지가 선명하게 나타납니다. 예를 들어볼까요. 여러 권의 책을 출간한 제가 가장 많이 쓴 책 중의 하나가 '비즈니스 커뮤니케이션' 혹은 '일터에서의 소통'에 관한 것입니다. 그중 첫 번째 책 역시 회사에서의 말하기에 관련된 내용이었는데 그때 머리말을 다음의 흐름으로 썼습니다.

나는 직장에서 쓰는 바람직한 대화법을 몰랐다.

⋯⟩ 승진에 누락되어 나의 대화법에 문제가 있음을 알았다.

⋯⟩ 그때부터 회사에서의 말하기에 관해서 연구하기 시작했다.

⋯⟩ 내가 부족했던 부분에 대한 개선 방안을 찾아냈다.

⋯⟩ 개선 방안을 실제로 적용해보니 효과가 있었다.

머리말에서 이런 내용을 확인했다면 본문의 내용을 읽을 때도 마음이 한결 편해질 겁니다. 이를 빼먹고 바로 본문으로 들어간다면 저자가 독자에게 주고 싶었던 가이드를 무시하고 읽는 것과 같다고 할 수 있습니다. 그래서 계획이 다 있고, 잘 짜인 머리말을 조용히 읽고 또 읽는 여유를 가졌으면 하는 것이지요. 앞으로는 여러분이 머리말을 대충 스치듯 넘어가거나 건너뛰지 않기를 기대합니다.

4

맺음말, 그저 그런 땡스 투로
오해했다면 아주 큰 착각

자, 이제 머리말의 중요성을 확인했고, 전처럼 그냥 지나치지 않을 겁니다. 그러면 바로 본문으로 들어가면 될까요. 그 전에, 혹시 책에 맺음말이 있지는 않은지 확인해봅시다. 책에 맺음말이 있다면 머리말을 읽은 후에 접근해야 할 부분은 본문도, 차례도 아닌 맺음말입니다. 언젠가 이런 말을 들어본 적이 있습니다.

"만약 내가 결승선에 대해 정돈된 생각을 지니고 있었다면, 그 결승선을 이미 몇 년 전에 넘었을 거라고 생각하지 않으십니까If I'd had some set idea of a finish line, don't you think I would have crossed it years ago?"

빌 게이츠Bill Gates가 한 말입니다. 인생을 한번 되돌아봅시다. 우리는 지금 결승선을 생각하며 살아가고 있는 걸까요? 죽음이다, 뭐다 하면서 복잡하게 생각하자는 게 아닙니다. 지금 자신의 일상이 어디로 흘러가고 있는지 정도는 고민하고 살아가는 삶이 올바르고 정상적이라는 뜻입니다.

결승선이 어디에 있는지 혹은 어떻게 생겼는지 미리 볼 수만 있다면 결승선을 향해 달려가는 발걸음이 한결 가벼울 겁니다. 인생처럼 책도 마찬가지입니다. 책에도 결승선이 있는데 그것이 맺음말입니다. 맺음말에는 머리말과는 다른 결로 책이 지향하는 방향이나 책을 통해 독자가 얻어낼 수 있는 효과, 성과 등이 언급됩니다. 이를 놓쳐서는 곤란합니다.

책을 읽는 게 지루하다면, 책 한 권 속에서 무엇을 먼저 읽어야 할지 고민이 된다면 가장 먼저 머리말에 간 뒤 그다음에 맺음말로 가서 필요한 부분을 찾아 읽게 하는 유용한 힌트로 삼아봅시다. 책을 처음부터 끝까지 전부 다 꼼꼼하게 보는 게 아니라 나 자신에게 도움이 되는 핵심적인 부분을 찾아 읽는 겁니다. 머리말과 다른 점이 있다면 맺음말은 마치 묘비명과 같아서 책을 다 집필하고 난 후의 저자의 심경을 엿볼 수도 있습니다.

'썼다, 사랑했다.' -스탕달Stendhal

'여기, 자신보다 현명한 사람을 모으는 기술을 알고 있었던 한 인

간이 잠들다.' -앤드류 카네기Andrew Carnegie

'모든 일은 남을 위해 했을 뿐, 그 자신을 위해서는 아무것도 하지 않았다.' -페스탈로치Pestalozzi

'우물쭈물하다가 내 이럴 줄 알았다.' -버나드 쇼George B. Shaw

묘비명이 인생의 마지막 순간에 자신을 뒤돌아 바라본 모습을 보여주는 것처럼 맺음말 역시 담담하게 책 전체의 내용을 아우릅니다. 책을 어떻게 썼는지 그 과정이 응축되어 있기도 하고요. 독자가 얻어야 할 성과에 대한 저자의 개인적 바람이 담겨 있기도 하며, 책의 부족한 부분에 대한 반성도 포함돼 있습니다.

이렇게 말하고 나니 갑자기 '맺음말 읽기 모임'을 만들고 싶다는 생각이 듭니다. 만약 제가 이 모임을 주최한다면 아래와 같이 홍보를 하고 싶습니다.

맺음말 읽기 모임

독서를 할 때 맺음말은 언제 읽으시나요? 맺음말에는 책의 전체적인 요약뿐 아니라 저자의 반성적 성찰이 담겨 있습니다.

맺음말을 먼저 읽는다면 저자의 진심이 담긴 마음을 전달받으면서 뜨거운 울림으로 책을 보게 될 것입니다. 좋든 나쁘든 간에 맺음말에는 생각보다 많은 것들이 담겨 있습니다. 그저 그런 혹은 너무나 개인적인 이야기를 담은 '땡스 투' 정도가 아닙니다.

이 모임에서는 매시간 맺음말을 통해 저자의 진심과 만나 보려고 합니다. 맺음말을 함께 읽으면서 저자의 과거와 현재 그리고 미래를 함께 느껴봅시다. 이 과정을 통해 우리의 말하기, 듣기, 읽기, 쓰기, 생각하기를 차분히 성장시켜 보면 어떨까요.

그럴듯해 보이는지 모르겠습니다. 책에서 머리말 혹은 차례가 나침반이라면 맺음말은 우리가 책을 통해 읽어서 얻어내야 할 북극성이라고 생각하면 좋겠습니다. 책 한 권을 읽는 게 늘 부담스럽다고요? 그렇다면 앞으로 독서를 시작할 때 본문에 섣불리 접근하려 하지 마시고, 머리말과 맺음말을 읽으며 독서의 방향성을 확인해보시길 바랍니다.

5

무조건 읽지 마라,
10퍼센트면 충분하다

정독精讀, 제가 싫어하는 말입니다. 완독完讀 역시 제가 기피하는 단어이고요. 그러나 발췌독拔萃讀 이 용어는 좋아합니다. 일반적으로 독서를 이야기하면 대부분의 사람이 책을 처음부터 끝까지, 꼼꼼히, 마음을 졸이며 끈덕지게 읽어야 하는 것이라고 착각합니다. 그렇게 스스로 부담감에 빠져버립니다. 누가 그렇게 하라고 하지 않았음에도 말이죠.

제법 괜찮은 국어력을 키우고 싶다면 책은 우리를 위해 '봉사'하는 수단이 되어야 합니다. 직장인 혹은 자영업자는 읽는 것 하나조차도 '생활'이 되어야 합니다. 생활이 되려면 생활 속에서 공존할 수 있어야 합니다.

책 한 권을 두고 국어력을 높인다는 건 처음부터 끝까지 '완完'해야 하는 것도, 뜻을 새겨 가며 자세히 '정精'해야 하는 것도 아닙니다. '언제 이 책을 다 읽지?'라는 막연한 질문을 스스로 하고서 절망하며 자기를 향해 벌을 줄 이유가 절대 없습니다. 그저 책에서 필요한 것만 뽑아낼 줄 알면 됩니다.

이제 완독과 정독에게 이별을 고하고 편하게 책을 읽어봅시다. 책을 읽는 것은 국어력을 높이기 위한 가장 좋은 방법이긴 하지만 책에 굴복당하는 방향으로 진행되면 곤란합니다. 우리가 실행해야 할 독서법은 발췌독, 즉 '골라독'입니다. 골라 읽으면 됩니다. 책 한 권에 너무 많은 것을 바라지 말고, 자신에게 필요한 10퍼센트만 찾아 읽어도 대성공이라고 여유 있게 생각하세요.

어떻게 그럴 수 있느냐고 반문할 수 있겠습니다. 이해합니다. 예를 들어 세계적 석학이 쓴 책이 있다고 가정해보죠. 당연히 처음부터 끝까지 꼼꼼하게 읽어야 하는 것이 옳지 않냐고 말하는 분이 계실 겁니다. 하지만 저는 이에 대해 "어리석은 사람은 이름난 저자의 것이라면 무엇이든지 찬미한다. 나는 오직 나를 위해서만 읽는다"라는 말을 남긴 프랑스의 철학자 볼테르Voltaire의 말을 인용해서 들려주고 싶습니다.

책은 나를 위해 읽는 것이지, 책을 쓴 사람을 위해 읽는 게 아닙니다. 저자의 대단함은 오직 우리의 일상에 변혁을 줄 수 있을 때 인정되는 것이고, 우리 삶의 변화는 필요한 것을 찾아냄에서 시작됩니다. 저는 개인적으로 300여 페이지의 책이라면 그중에서 10퍼센트인 20~30여 페이지만 읽어서 자기 것으로 만들어도 충분하다고 생각합니다. 분량이 너무 적다고요? 아닙니다. 얼마 안 되는 분량을 통해서 생각을 과감하게 깨트리고, 자신의 삶에 적용할 거리만 축적할 수 있다면 그 자체로 독서의 목적을 충분히 달성한 겁니다.

언젠가 조직행동 분야를 공부해야 할 일이 생겨서 경영학 관련 책 한 권을 읽게 된 적이 있습니다. 전문 대학 교재는 부담스러워서 다소 편한 서술 방식을 한 단행본 한 권을 구했고 이렇게 활용했습니다. 우선 차례를 폈습니다. 제게 도움이 될 부분인 조직행동 분야부터 찾았습니다. 하나의 챕터로 정리되어 있었습니다. 책은 총 열 장으로 구성돼 있었는데, 단 한 개의 장만이 온전히 조직행동에만 할애되어 있었습니다. 바로 그 챕터로 가서 필요한 지식을 습득했습니다. 그러고는 이 책을 책장 어딘가에 꽂아놓았습니다. 이것이 전부입니다.

그 후, 커뮤니케이션과 경영전략을 연결하는 내용으로 원고를 쓸 일이 생겼습니다. 경영전략을 대학원 때 공부해본 경험은 있으나 원고지 20매 내외의 글을 쓰기 위해 참고하기에 두툼한 경영전략 교과서는 역시 부담스럽더라고요. 서점에 가서 책을 찾아보려다 문득 이전에 조직행동 내용만 참고한 후 책장에 꽂아놓은 책 한 권을 머리에 떠올렸습니다.

집에 가서 경영학 책의 차례를 확인해봤습니다. '전략'이란 내용으로 마지막 장에 정리가 잘되어 있었습니다. 장 속에는 각각의 소

제목 자체만으로도 저에게 도움이 될 부분이 가득했습니다. 가치사슬과 통합, 확장 전략, 그 외의 각종 전략 컨설팅…… 빠르게 눈으로 훑어 내려가면서 원고에 필요한 부분만 추출했습니다. 그리고 책은 다시 책장에 꽂아두었습니다.

이 책, 말을 할 수 있다면 저에게 "도대체 왜 이따위로 읽는 거냐?"라고 화를 낼까요? 아니라고 생각합니다. 오히려 "나를 참 잘 활용할 줄 아는 사람이네" 하고 칭찬할 겁니다. 왜냐하면 생활의 현장에서 열심히 일하며 조금 더 나은 내일을 위해 책을 읽은 생계형 독서법으로 아주 잘 활용했기 때문입니다.

생활인인 우리가 발췌독이라는 방식으로 독서를 마음 편하게 할 수 있게 되는 순간이 성공적인 읽기에 접어든 때라고 생각합니다. 책을 자기계발의 도구로 여유롭게 활용하는 수준에 이르게 된 것이죠. 필요한 주제를 찾아서 책을 선택할 줄 알고, 자신을 발전시킬 무엇인가를 본문 중에서 발견하며, 나에게 필요한 주제의 조감도를 만들어가는 작업, 국어력은 이렇게 완성됩니다.

6

누구나 가슴에
리딩 메이트 하나 정돈 있잖아요

읽기 능력을 향상시켜줄 책을 고르는 법에 대해 구체적으로 알아봅시다. 결론은 간단합니다. 내가 읽을 책은 내가 고른 책이어야 합니다. 누군가의 책이 내 책이 될 수는 없습니다. 읽기의 방향은 늘 '자기 자신'을 향해야 합니다. 그 과정에 나 자신이 빠져 있다면 허공에 뜬 상념뿐일 겁니다.

"세상의 모든 책이 다 좋다"라고 말하고 싶습니다만 글쎄요, 우리의 시간이나 공간과 무관한 책들로부터 어떠한 가치를 얻어낼 수 있을까요. 마키아벨리Niccolò Machiavelli의 『군주론』, 제목 그대로 리더십에 관한 고전 중의 고전입니다. 저는 그 책을 읽기는 했지만 무언가 아쉬웠습니다. 과연 이 책에 나오는 이야기들을 제 모습과 어떻게 연결할 수 있을지가 의문이었던 것이 그 이유였습니다. 아직 군주(리더)의 위치에 있는 사람도 아닌데 군주가 되면, 그러니까 윗사람이 되면 이래야 한다, 저래야 한다는 말은 현실의 저에게 절박하게 와닿질 않았습니다. 물론『군주론』을 소화할 능력이 부족했던 저 자신을 우선 탓하는 게 맞겠지만요.

직장 생활을 하는 데 있어『군주론』보다 더 도움이 된 책이 있습니다. 한 교육 기업의 CEO를 지냈던 분이 쓴 책이 그것입니다.『서른과 마흔 사이, 어떻게 일할 것인가』라는 책이었는데『군주론』에서 체감하지 못했던 현실감을 느꼈고, 이런저런 화두를 얻게 되었습니다. 조직 구성원으로서의 저를 되돌아보게 된 계기가 되기도 했습니다. 여러분에게도 이런 책이 분명히 있을 테니 꼭 찾아내서야 합니다.

독서는 참 좋은 습관입니다. 책을 통해 다양한 사람의 관점을 쉽게 손에 넣을 수 있으니 말입니다. 게임으로 치면 거대한 롤 플레이를 종이 속에서 실현할 수 있다는 말이 되겠습니다. 타인이 겪은 시뮬레이션을 간접적으로 반복함으로써 불확실한 미래에 대비할 수 있고, 현재의 고통에서도 벗어날 수 있는 삶의 지혜를 얻게 되니까 말입니다.

저는 많은 이에게 '서점 산책'을 권합니다. 최소 한 달에 한 번, 가능하면 일주일에 한 번 정도 가면 좋겠습니다. 서점에 가서 책 한 권 정도는 구입해서 돌아온다고 생각하면서요. 읽고 싶은 책이 없더라도 걱정하지 마세요. 서점에 가서 여러 책과 눈인사를 나누고 나면 읽고 싶은 책이 넘쳐나게 될 겁니다. 그뿐인가요. 저만 그런지 모르겠으나 서점을 다녀오면 머리도 맑아집니다. 휴가를 다녀온 것처럼 말이죠. '아무도 책을 읽지 않는 시대가 되었다'라고, 책의 시대가 저물었다고 자조하는 사람이 있는 반면, 오히려 그렇기에 더욱 책을 읽으면서 자신을 성장시키는 사람도 상당합니다. 저 역시 오히려 '책의 전성기'가 되돌아오고 있다고 믿고 싶습니다.

조선 시대에는 책과 친해지라는 목적으로 만든 일종의 '독서 휴가' 제도가 있었다고 합니다. 책을 집중적으로 접하라는 배려였을 텐데 세종대왕이 만든 제도 중에 '사가독서賜暇讀書'라는 게 그것입니다. 집현전 학자들이 업무 부담 없이 독서에만 몰두하도록 한 것입니다. 그 과정에서 학자들은 자신만의 책을 찾아낼 수 있었을 테고, 그것을 통해 왕에게 더 나은 조언을 할 수 있었을 겁니다.

책 읽기를 멈추지 마세요. 책은 한번 사랑해볼 만한 가치가 있습니다. 지금 나에게 러닝메이트Running mate가 아닌 리딩메이트Reading mate 한 권 정도는 있어야 인간답게 잘 살아갈 수 있게 됩니다. 이왕이면 인생의 전환점에서 변화를 일으키고, 또 세상을 향해 나아가 관계를 맺는 데도 도움이 되는 읽기를 준비하여 보세요.

이때 주의할 점은, 모르는 낱말들이 마치 지뢰밭처럼 깔려 있거나, 문장 하나의 길이가 무려 반 페이지에 이르는 그런 책을 함부로 골라서는 안 된다는 것입니다. 예를 들어 산업안전 분야에서 일한다면 산업안전과 관련된 책을 열심히 읽는 것이 세계 명작을 읽는 것보다 더 유익할 수 있습니다. 자신이 속한 분야와 관련된 책을 먼저 읽고, 그 뒤에 서서히 다른 책에 접근하며 독서 습관의 지평을 넓혀가면 좋겠습니다.

책을 읽는 시간도 일종의 투자이니 시간이라는 투자 대비 높은 수익을 뽑아내야(!) 합니다. 무엇인가를 읽는다는 건 잘 설계된 내비게이션을 따르는 것과 같아야 하지요. 시작부터 번지수를 잘못 짚은 독서가 되어서는 곤란합니다. 독서의 시작과 끝, 그 모든 과정에 있어서 다음의 두 가지를 스스로 물어보고 결정한다면 도움이 될 것입니다. 첫째, '내가 대체 지금 이 책을 왜 읽고 있는 걸까?' 책을 선택할 시점부터 고민해야 하는 질문입니다. 둘째, '내가 이 책에서 원하는 게 뭐지?' 이는 독서를 하는 과정 내내 염두에 두어야 할 생각이고요. 이런 말이 있습니다.

"거인의 어깨에 올라서서 더 넓은 세상을 바라보라Stand on the shoulders of giants."

논문 학술 검색 사이트인 구글 스칼라Google Scholar의 첫 화면에 나오는 문구입니다. 예전에 저는 이 말이 독서의 효용을 그대로 표현한 것이라고 생각했습니다. 단어 하나만 바꾼다면 말이죠.

"**저자**의 어깨에 올라서서 더 넓은 세상을 바라보라Stand on the

shoulders of authors."

지금은 생각이 조금 바뀌었습니다. 이 문장만으로는 뭔가 부족하기 때문입니다. '저자' 앞에 배치해야 할 문구가 있습니다.

"**나에게 도움이 될 저자**의 어깨에 올라서서 더 넓은 세상을 바라보라Stand on the shoulders of authors that will help me."

읽은 책의 숫자에 연연하는 건
하수나 하는 짓

그렇다면 도대체 어느 정도로 읽어야 도움이 될까요. 이번엔 읽기의 양量에 대해 이야기해보고자 합니다. 책을 쓰는 저는 가끔 이런 질문을 받습니다. "책을 얼마나 읽어야 책을 쓸 수 있을까요?" 혹은 이런 질문도 많이 듣게 됩니다. "책을 몇 권이나 읽어야 삶을 바꿀 수 있을까요?" 결론부터 말씀드리자면, 우선 양에 집착하는 마음부터 내려놓아 주세요.

오늘도 수없이 많은 '자칭' 독서가라는 분들의 말씀은 다음과 같습니다.

'천 권을 읽었더니 세상이 다시 보였다.'
'삼천 권을 읽고 나니 인생의 이치를 알게 되었다.'

'물이 백 도가 넘어야 끓는 것처럼, 책도 만 권은 읽어야 사람이
된다.'

이런 말을 들으면 반감이 생깁니다. 왜 스스로를 수동적이고 소
극적인 읽기의 늪으로 끌고 가는 걸까요. 왜 낯선 곳에서 나를 만나
는 자기 발견의 경험을 방해하는 걸까요. 독서란 자신을 발견하고,
사유하고, 재창조하는 과정을 통해 잊고 있었던 삶의 의미를 되찾는
과정입니다. 여행에서 돌아올 때 '새로운 시작'이라는 선물을 받게
되듯, 독서를 마쳤을 때 '새로운 나'라는 선물을 받으면 충분합니다.

그런데 천 권, 삼천 권 그리고 만 권…… 이건 마치 새로운 것을
보려면 꼭 남미 여행을 해야 하고, 더 나아가 세계 일주가 필요하다
는 허황된 말처럼 느껴집니다. 가까운 동해 바닷가만 가도 얼마든
지 새로운 감정을 느낄 수 있는데 말입니다. 이제 일 년에 천 권을
읽었다는 그들의 말에 감탄하며 고개를 끄덕이는 일은 그만합시다.
대신 이런 물음을 품어보세요. "천 권을 읽은 당신의 일상, 그래서
어떻게 변했나요?"

누군가는 또 이런 말을 하더군요. "이해가 안 되는 책을 읽으려고
노력하면 어느 순간 그 책을 이해하는 때가 찾아오니 반드시 버텨야
한다"라고 하며 독서가 고행苦行이길 바랍니다. 왜 스스로 괴롭히지
못해서 안달이 난 것일까요. 어렵고 난해한 책을 계속 붙잡고 있으
면 남게 되는 건 책과 이를 이해하지 못하는 자신에 대한 혐오뿐입

니다. 반드시 어려운 책을 붙잡아야 지혜가 생긴다는 분들이 있다면 그들의 의견은 존중하되, 꼭 그대로 따라 하려고 하지는 마세요.

진짜 어른다운 읽기란 읽는 행위 자체가 아니라 읽은 후의 변화된 모습으로 성과가 측정되어야 합니다. 다독으로 세상을 이해하고, 인생의 이치를 알고, 진정한 사람이 되었다고 주장하는 그들에게 자신이 딛고 선 자리에서 치열하게 투쟁하며 살고 있는지부터 먼저 물어봐야 합니다. 그들이 읽은 책의 양에 감탄하고 압도당하기 전에 그 책들이 당신 자신에게 무슨 역할을 했는지 질문해보십시오.

20세기 중국 미술의 최고봉이라는 평가를 받는 미술가, 치바이스齊白石(1864~1957)에 관한 얘기를 해보겠습니다. 그의 그림을 설명하려는 게 아닙니다. 위대한 미술가라 평가받는 그가 미술을 할 때 일상에 대해 지녔던 태도를 알아보고자 함입니다. 국어력에 시사하는 바가 크기 때문이죠. 다음과 같았습니다.

첫째, '반복'했습니다. 주변에서 빌려온 시집과 화집을 외우고 베끼기를 반복했답니다. 둘째, 현장에 뛰어들기를 서슴지 않았답니다. 누군가의 것을 베끼고 난 후에야 자연이라는 현장으로 뛰어들곤 했습니다. 셋째, 가까운 곳에서 소재를 찾았습니다. 대단한 무언가를 그리는 게 아니라 개구리, 쥐, 배추, 당근 등 일상에 맞닿아 있는, 가장 가까이에 있는 것들을 그려냈다고 합니다. 그는 일상에서 흔하게 볼 수 있는 것을 놔두고 신기한 것을 그리는 건 '사진작괴捨眞作怪(본질을 버리고 괴이함을 지어냄)'라고 했습니다.

그의 말속에 남은 단어 세 개가 중요합니다. 반복, 현장 그리고 일상, 바로 이것이 우리의 읽기에도 필요한 키워드입니다. 현실에서 도피하기 위한 읽기도 당연히 필요합니다. 하지만 읽은 분량, 책의 권 수 그 자체만을 늘리기 위한 독서는 진정한 독서가 아닙니다.

여러분의 독서는 어떠합니까? 저는 확신합니다. 수천 권을 읽어냈다고 자랑하는 대단한 독서가, 애서가인 그들보다 오늘도 팀장의 업무 지시를 깔끔하게 정리해내고, 취업 전선의 어려움 속에서 극적으로 신입 사원이 되고, 편의점 알바를 하며 먹고사니즘을 해결한, 지금 이 순간을 살아가는 여러분이 백만 배는 더 멋집니다. 그리고 독서는 그 모든 경험과 고통에 도움이 되고 응답할 수 있는 읽기여야 합니다.

시인이자 소설가인 헤르만 헤세Hermann Hesse는 『책이라는 세계』에서 이렇게 말했습니다. '그대에게 필요한 건 모두 거기에 있지. 해와 달과 별 그대가 찾던 빛은 그대 자신 속에 깃들어 있으니'라고 말입니다. 맞습니다. 독서가 주는 행복은 글을 읽음으로써 독자 스스로 자신을 되돌아보고, 스스로 문제를 해결함으로써 얻어지는 것입니다. 이를 위해 읽을 책과 글을 선택하는 일에 관심을 두는 게 우선입니다.

권 수에 연연하지 마세요. 넷플릭스에서 20부작 드라마를 보는 것도 아닌데 말입니다. 지극히 개인적인 작업인 독서마저 남들에게 어떻게 보일지 고민하지 마세요. 자신의 삶에 어떻게 적용할지 고민하지 않는 무차별적 읽기는 오히려 시간 낭비일 뿐이니까요. '얼마나'가 아니라 '무엇'을 읽을 것인지를 고민하는 것, 이것이 독서의 시작이어야 합니다.

8

어떻게 읽어야
기억에 더 잘 남을까

유명한 평론가이자 저자인 다치바나 다카시立花隆는 이렇게 말했습니다. "스무 살 이후 소설을 읽는 것은 시간 낭비다. 내가 소설을 읽는 것은 집필에 필요한 자료를 수집하기 위해서일 뿐이다." 저자이면서도 소설조차 사실적으로, 추론적으로 그리고 비판적으로 읽으면서 글의 내용을 삶에 적용하려고 했던 그의 모습이 참 치열해 보입니다. '편식 독서'가 아닌 도구로써의 '기획 독서'를 하는 모습도 대단하게 느껴집니다.

마찬가지로 저도 여태껏 국어력을 향상시키기를 원한다면 '계획이 다 있는 독서'를 할 것을 강조했습니다만 평소에 소설과 시 등의 책을 아예 읽지 않는 건 아닙니다. 대신 일상의 한 부분에 편입하려는 시간의 일부 정도로만 보고 있습니다.

저는 평소 대화법, 말하기 등을 주제로 한 책의 원고를 쓰기 때문에 이와 관련된 책을 자주 보는 편입니다. 이전에 영업 사원으로 일할 때는 고객을 바라보는 방법에 관한 책을 선택하고, 읽은 후 그것을 실무에 적용해보는 데 게을리하지 않았던 기억도 납니다. 영업스킬, 고객 관리 등의 키워드를 중심으로 책을 선택하고 그것을 제 읽기의 과정에 더했던 것이죠.

여러분 역시 본격적으로 읽고 싶은Want 책보다 읽어야 할Must 책을 보기로 마음먹었다면 그다음 단계는 '독서 목록'을 준비하는 것이어야 합니다. 혹 이것이 식상하다고 여기는 분들이 있을지도 모르겠어서 기록물의 중요성에 대해 잠시 설명해보겠습니다. 2019년에 출간된 베스트셀러『역사의 쓸모』를 보면 저자 최태성 선생님은 삶이라는 문제에 대한 가장 완벽한 해설서가 바로 역사라고 했습니다. 나보다 앞서 살았던 과거 인물들의 기록에서 알아볼 수 있는 교훈과 가르침으로 지금을 살아가는 우리 삶의 실마리도 얻을 수 있다는 것이지요.

사소하지만 매일 쓰면 좋다고들 말하는 일기도 마찬가지입니다. 지난 추억을 되돌아볼 수 있다는 점에서도 가치 있지만 과거에 생겨난 힘든 일들을 어떻게 극복했으며, 종종 무너지는 마음을 어떻게 추슬러왔는지 톺아보는 면에서도 아주 유익합니다. 독서 목록 역시 바로 이런 점에서 효용을 발휘합니다. 읽기 파트인데 쓰는 법에 대한 이야기를 하니 뜬금없이 느껴질 수도 있지만 독서 목록 작성까지 마무리해야 궁극적으로 읽기가 완성된다고 할 수 있습니다.

독서 목록이라고 해서 양식이나 방법이 거창할 필요는 조금도 없습니다. 지금 삶에 유효하게 느껴진 책에 대한 평가를 짧게 정리하기만 하면 됩니다. 글은 다이어리에 써도 좋고, 휴대폰의 메모 앱에 저장해도 좋습니다. 별도로 독서 노트를 마련하여 쓴다면 더 좋고요. 수단은 무엇이든 상관없습니다. 먼저 책의 제목을 쓰고, 아래에 책에서 얻은 실질적 도움이나 앞으로 내 삶에 적용해보고 싶은 부분을 써 보는 것입니다. 이것이 어렵다면 책에서 읽은 인상 깊은 구절만 써도 됩니다. 그런 목록이 여러 개 쌓이다 보면 이미 올바른 독서는 여러분의 습관이 된 것이나 다름없습니다.

이런 일을 해본 적이 없는 분에게는 당연히 어렵게 느껴질 수 있습니다. 그러나 우리가 하는 모든 일이 그러하듯이 처음부터 뜨거울 필요는 없습니다. 급할 이유도 없고요. 거대한 철학적 담론을 담아야 하는 것도 아닙니다. 누군가에게 보여주기 위함이 아니라 여러분의 핵심 사업인 성장을 위한 것이니 적당한 온도로 얼마든지 자유롭게 메모하고 쓰는 것, 그게 전부입니다.

독서에도 가성비가 있습니다. 책을 사는 것, 시간을 투입하는 것 모두 일종의 '값'을 치러야 하는 일입니다. 돈을 내야 하는 일종의 기회비용인 거죠. 그렇다면 적더라도 무엇인가 성과가 있어야 하지 않을까요. 성과를 얻고자 한다면 나름의 결과물을 정리해두어야 합니다. 노파심에 덧붙이자면, "나는 따로 쓰지 않아도 다 기억해" 하며 책을 읽은 뒤 느낀 점을 시간이 지나도 그대로 기억할 거라고 자신하지는 않기를 바랍니다. 우리의 뇌는 이미 입력된 수많은 정보로 과부하 상태일 확률이 높으니 머리가 아닌 다른 곳에 저장해야 합니다.

9

마크 저커버그가 페이스북보다
더 유익하다고 추천한 것

책을 읽어야 합니다. 무시당하지 않기 위해서, 세상에 나를 제대로 보이기 위해서 말입니다. 책을 빼놓고 국어력을 논한다는 것은 그 자체로 모순입니다. 독서는 단순히 글의 의미를 이해하는 데서 그치는 행위가 아닙니다. 독자가 글의 의미를 새롭게 재구성하는 능동적 활동 그 중심에 책이 있는 것입니다.

저는 독서를 '소비의 독서'와 '투자의 독서', 두 가지로 나눠 봅니다. 소비의 독서는 개인의 감정을 다독여주는 역할을 합니다. 당연히 그 자체로 의미 있습니다. 하지만 국어력을 높이고자 하는 뚜렷한 목표가 있다면 소비의 독서 대신 투자의 독서를 권합니다. 투자의 독서란 무엇일까요. 현실에 직접적으로 도움이 되는 도구로써의 독서, 성공 이상의 성장을 위해서 선택하는 독서, 이것이 바로 투자의 독서입니다.

다가올 미래는 지금 주어진 시간을 무엇으로 채울 것인가에 대한 함수입니다. 현재의 시간을 소비로만 채운다면 미래는 잔고가 없는 통장과 같지 않을까요. 반대로 시간을 독서를 비롯한 각종 자기계발 등의 의미 있는 투자로 채운다면 미래 또한 임대료가 꼬박꼬박 들어오는 건물주의 통장과 같을 겁니다. 물론 소비를 위한 독서도 필요할 때가 있습니다만 이왕이면 독서에서 그럴듯한 결과를 기대할 수 있기를 바랍니다. 글 한 줄을 읽을 때도 배울 만한 점이 뭐가 없을까 하며 보고, 책을 '생각하는 도구'로 잘 활용할 수 있다면 국어력의 성장 속도도 빨라질 겁니다.

다이어트를 목적으로 하는 사람이 음식을 아무것이나 먹지 않듯이, 국어력을 높이고 싶다면 아무 책이나 읽겠다는 생각도 버렸으면 합니다. '지금의 나'보다 '더 나은 나'를 기대하고 있다면 더더욱 투자의 독서에 관심을 두세요. 책은 알고 있는 것을 확인하려고 보는 게 아니라, 자신이 알지 못하는 세상을 제대로 깨닫기 위해 읽는 것임을 기억하면서 책이 온전히 나 자신을 성장시킬 수 있도록 해야 합니다.

한 사례를 말씀드리겠습니다. 투자의 독서를 넘어서 이기적인 독서를 할 줄 아는 사람이 있습니다. 페이스북 창립자인 마크 저커버그Mark Zuckerberg가 바로 그 사람입니다. 다른 사람은 페이스북에 빠져서 헤어나오지 못하게 만들고는 자신은 유유히 독서를 즐긴다고 합니다. 오래전의 일이지만 이런 말을 들은 적이 있습니다. "미운 사람이 있으면 경마장에서 마권을 공짜로 사서 주든지, 아니면 파친코가 있는 도박장으로 데리고 가라. 그러면 그 사람은 스스로 자기 자신을 파멸시킨다."

개인적으로는 페이스북이 경마나 도박보다도 더 우리를 시험에 빠뜨리는 것 같습니다. 본인의 일상과 아무런 관계가 없는 타인의 자랑을 보면서 괴로워하게 만들었으니 말입니다. 더 얄미운 건 병 주고 약 주는 저커버그의 태도입니다. 2015년 1월 초, 그가 자신의 페이스북에 올린 글입니다.

"책을 읽는 사람은 다른 미디어에서 정보를 얻는 사람보다 주제를 더 깊게 탐구하고 몰입할 수 있다."

'다른 미디어'를 '페이스북'으로 바꿔 읽어보세요. 웃기지 않나요? 많은 사람을 온라인 커뮤니티에서 빠져나오지 못하게 설계한 후에 정작 자신은 책의 중요성을 언급하고 있으니 말입니다. 실제로 저커버그의 독서 열정은 대단했습니다. 사내 독서 토론 모임을 적극적으로 응원하는 한편, 모임에서 첫 번째로 읽어야 할 책까지 직접 선정해줬을 정도였으니까요.

우리 모두를 페이스북이란 매체에 푹 빠지게 해놓고선 자기들은 책을 읽고 있다니, 슬쩍 화가 나기도 합니다. 하지만 그럼에도 저커버그가 어딘가 멋진 '훈남'으로 보이는 것은 페이스북이라는 엄청난 회사를 경영하고 있다는 것 외에도 자신의 논리로 세상과 소통할 줄 알고, 세련된 지혜를 보여주는 '뇌섹남'이기 때문일 겁니다.

배부른 돼지와 배고픈 소크라테스 둘 중 하나를 선택하는 게 아니라, 아예 배부른 소크라테스로 거듭난 저커버그의 독서 역량이 부럽습니다. 그런데 알고 보니 저커버그뿐이 아니더군요. 마이크로소프트의 창업자 빌 게이츠, 애플의 스티브 잡스Steve Jobs 등도 독서야말로 창의력의 원천이라면서 책을 손에서 놓지 말 것을 권한 바가 있습니다.

지금 여러분이 선택한 매체는 무엇인가요. 지금 손에 들고 있는 읽을거리는 무엇인가요. 필요한 모든 정보를 스마트폰 등이 알아서 찾아주는 시대임에도 불구하고, 정작 그렇게 시대를 이끌어온 사람들은 오히려 '인간의 창조성은 책을 통해서만 키워진다'라고 말하는데, 정작 더 성장해야 할 우리는 읽을거리의 선택에 있어 혼란을 겪고 있습니다.

캐나다의 사회학자 마셜 매클루언Marshall McLuhan은 우리가 접하는 매체를 특정한 목적이나 필요를 만족시키는 중립적 도구가 아닌 '보이지 않는 배경 원칙'을 지닌 '환경'이라고 봅니다. '매체가 곧 메시지다The medium is the message'라는 그의 주장은 매체가 전달하는 내용보다 매체의 배경 원칙, 즉 환경에 주목해야 함을 말하고 있습니다. 흔히 사람들이 매체는 형식이나 도구에 불과하다고 여기지만 실은 메시지보다 매체 그 자체가 이 사회와 개개인의 삶에 더 큰 영향을 미친다는 뜻입니다. 그러므로 매체를 선택해서 얻는 결과는 고스란히 우리가 책임져야 할 몫이 되지요.

세상의 성공한 사람들 중에서 '책이 나쁘다'라고 하는 경우를 본 적이 없습니다. 미국의 전前 대통령 버락 오바마Barack Obama도 책벌레 중 하나입니다. 그는 퇴임 직전 한 언론과 인터뷰를 했는데, 고단한 백악관 생활을 버티는 힘을 책에서 얻었다고 말했습니다. "각종 보고서에 압도당했던 뇌의 기어Gear를 바꿔주는 장치는 매일 밤 잠들기 전 한 시간 동안 읽었던 책이었다."

재밌는 말 아닌가요? 텍스트(보고서) 때문에 괴로웠는데 다시 텍스트(책)로 피로를 푼다니 말입니다. 책에 대한 그의 애정은 세상에서 가장 사랑하는 자녀들에게도 그대로 전달되었습니다. 예컨대 여름휴가를 떠나기 전에는 먼저 두 딸과 함께 서점을 방문한답니다. 자녀들에게 책을 선물하기 위해서죠. 그 역시 소설 한 권을 구입하고요.

갑자기 이런 생각이 듭니다. 만약 누군가로부터 '벌레'라는 말을 듣게 되면 기분이 나쁠 겁니다. 일명 '~충蟲'으로 불리는 말들이 그것이죠. 하지만 벌레라는 이름이 포함되어도 기분 좋은 말이 딱 하나 있습니다. 바로 책벌레라는 말이죠. 기왕이면 저는 '책충冊蟲'으로 불리고 싶습니다. 개인적으로 책충이 모여 있는 그룹에 끼고 싶기도 합니다. 아니, 책 없이도 대화가 되는 그룹은 멀리하고 싶습니다.

책을 읽는 그룹 속에서 자극을 받으면서 저를 성장시키고 싶다는 뜻입니다.

세상에서 가장 바쁘면서도 최고의 재력가인, 또 한 명의 책벌레를 소개해볼까 합니다. 버크셔해서웨이의 CEO이자 세계 최고의 갑부, 워런 버핏Warren Buffett입니다. 참고로 그가 주식과 투자에 몸담은 시기는 언제일까요. 열 살도 채 되기 전입니다. 그는 열 살도 되기 전부터 아버지의 서가에 꽂혀 있던 경제 서적을 읽었습니다. 그 어린 나이에 말이죠. 텍스트, 즉 글자로 샤워하는 수준이 아닐 수 없겠습니다.

버핏은 주식과 투자 등 경제 관련 책을 주로 읽었다고 합니다. 그뿐인가요? 독서를 통해 얻은 지식으로 10대부터 주식투자를 했습니다. 그리고 10대 중반에는 비즈니스와 관련된 책만 수백 권을 읽었다고 알려져 있습니다. 세계 최고의 부자가 된 지금도 그에게 독서는 일상의 루틴 중 하나랍니다. 앉은 자리에서 한 권을 읽는 것은 허다하고 하루에 다섯 권은 기본이라고 해요.

그런데 한 가지 의문이 생겼습니다. (넘칠 정도로) 돈도 많고 바쁜 그가 왜 지금까지도 책을 읽는 걸까? 이쯤 되면 책에 뭔가 '꿀단지'가 있다고 봐야 하지 않을까요? 그렇다면 과연 지금 우리는 어떤 단지를 끌어안고 있는 것일까요? 책 꿀단지? 아니면 '아무_쓸모없는_유튜브_똥단지'? 국어력을 높이고자 한다면 우리의 선택은 무엇이어야 할까요.

10

접고, 칠하고, 찢어라!

읽어야 할 모든 것을 괴롭히세요. 텍스트는 우리가 괴롭혀야 할 대상일 뿐입니다. 저는 실제로 많은 분에게 "책? 더럽히세요! 찢어도 됩니다!"라고까지 말합니다. 필요한 부분을 얻어냈다면 잔인하게 대해도 괜찮습니다. 사람의 마음에 상처를 주는 것은 나쁜 일이지만 책의 여기저기에 상처를 주는 건 칭찬할 만한 일이니까요.

책은 참 괜찮은 친구입니다. 자신에게 물리적 상처를 입힐수록 그 대가를 우리에게 좋은 방향으로 되돌려주니 말입니다. 그러니까 찢고 버리세요. 밑줄을 긋고, 낙서를 하고, 곳곳에 표시하세요. 제가 경험한 사례를 통해 말씀드릴까 합니다. 한 독서 모임에 참석했을 때의 일입니다. 고전이라고 불리는 『카라마조프가의 형제들』을 몇 주에 걸쳐 읽으면서 함께 토론하는 모임이었습니다.

혹시 이 책, 본 적이 있으신지요. 한 권에 500여 페이지, 심지어 단권이 아닌 여러 권으로 나뉘어져 방대한 분량을 자랑합니다. 모임에서 옆자리에 앉아 있던 한 참석자께서 제 책이 엉망으로 되어 있는 모습, 즉 밑줄이 그어져 있고, 형광펜으로 도배되어 있으며, 아무 데나 마구마구 접혀 있는 모습을 보고 놀라워했습니다. 하지만 도리어 놀란 건 저였습니다. 이런 질문을 그분에게 받고 나서 말이죠. "그렇게 책을 엉망으로 보면 나중에 어떻게 팔아요?"

책을 구매하는 이유는 읽고 또 읽은 내용을 내 것으로 만들기 위함입니다. 살 때나 읽을 때 나중에 다시 팔 것을 걱정하는 태도, 그게 과연 읽기 역량을 향상시키는 데 도움이 되는 일일까요. 잘 읽고 싶다면 책을 아주 못살게 굴어야 합니다. 찢고, 다지고, 두드리고, 상처 내면서 말이죠.

읽을거리를 본격적으로 못살게 구는 방법을 소개해드리겠습니다. 우선 저는 서서 책을 읽고 있을 땐 페이지를 마구 접습니다. 특히 지하철이나 버스 등을 타고 있을 때 책을 읽다가 마음에 드는 부분이 보이면 페이지 위쪽의 한 귀퉁이를 접습니다. 대중교통 안에서 책에 무엇인가 표시하기가 번거롭기 때문입니다.

두 번째로 앉을 수 있을 땐 펜으로 선을 긋거나 색을 칠합니다. 지하철을 타고 있는데 마침 자리가 남아서 앉게 되는 행운이 오면 저는 볼펜을 꺼냅니다. 볼펜은 가능하면 두꺼운 심이 있는 것으로 미리 준비해 가지고 다닙니다. 참고로 제 경우 보통 사람들이 쓰는 굵

기인 0.5 혹은 0.7밀리미터가 아닌 1밀리미터의 두꺼운 심을 가진 볼펜을 사용합니다. 표시한 부분을 다음에 다시 찾을 때 눈에 확 띄게 하려는 시도입니다. 사실 마음에 드는 글이 두세 줄 이상의 분량이 되면 일일이 줄을 긋는 것도 힘듭니다. 그땐 해당 부분의 옆 여백에 크게 체크 표시를 합니다. 공부를 잘하는 분들 중에선 볼펜을 색깔별로 구분한 후 마치 공부하듯 밑줄을 긋기도 하는데 그 정도로 노력할 필요는 없다고 생각합니다.

저는 주로 멋진 표현이 사용되었거나 공감이 되는 문장도 체크를 하지만 필요한 지식, 특히 그동안 몰랐던 새로운 사실, 최근 관심이 있던 분야에서 해답을 주는 부분에 줄을 긋기 위해 애를 씁니다. 이 외에도 책의 페이지를 조각조각 찢기도 합니다. 이는 제가 책을 정리하는 방법이기도 합니다. 예를 들어 전체적으로 감흥이 없는 책을 대할 때 그러합니다. 저에게 도움을 주는 부분이 극히 일부일 때에는 아예 책에서 그 부분만 찢어서 보관하고, 나머지는 모두 쓰레기통에 버리는 것이죠. 그렇게 찢어낸 부분은 디지털 매체에 저장하기도 하고, 아니면 따로 파일링을 해두었다가 필요할 때마다 찾아서 보기도 합니다.

어떤가요. 접고, 밑줄 긋고, 그리고, 찢고, 이 과정에서 읽기 능력이 더 크게 성장할 수 있습니다. 책을 함부로 대하는 것을 두려워하지 마세요. 사람 나고 책이 있는 거지, 책 나고 사람 난 건 아니니까요. 독서를 통해 우리의 생산성을 다양한 분야에서 높이고 싶다면 책을 적극적으로 이용하시길 바랍니다. 책은 반드시 우리를 위해 철저하게 봉사하는 도구여야 한다는 것, 기억해주십시오.

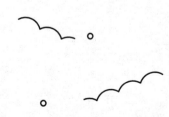

2장

말하기

말을 할 거라면
그 말은 침묵보다 나아야 한다

11

첫마디는
제발 신중하게

자랑 좀 해도 될까요? 아주 가끔 피 같은 (정말 피 같습니다. 쉬는 걸 좋아해서요) 휴가를 내서 강연을 할 때가 있습니다. 제가 하는 강연에 대한 반응은 대충 비슷합니다. 현실적이다 혹은 재밌다는 의견입니다. 물론 부정적인 피드백도 상당합니다. 자기 비하가 심하다, 내용이 거칠다 등 말이죠. 호불호와 관계없이 분명한 건 저의 강연이 기억에 남는다는 반응이 대부분이라는 점입니다.

강연 내용 그 자체에 대해서는 대체로 현장감 있다, 정신이 들었다 정도로 평이 괜찮은 편이기에 부정적인 의견이 들어오는 건 나라는 사람 자체가 '덜되어' 그런 것이라 생각하고 편하게 받아들입니다. 뻔뻔하죠? 하여튼 강연을 한 번 하면 그 강연이 꼬리에 꼬리를 물고 또 다른 강연 요청이 들어와서 지금은 오로지 저 자신만을 위한, 쉬고 노는 휴가는 기대하기 어렵게 되어버렸습니다.

그런데 제가 싫어하는 일 중 하나가 '나를 모르는 타인 앞에 서는 것'입니다. 실제로 저는 대인공포증이 있습니다. 그런 제가 사람들 앞에 나서서 강의를 하고 또 나름 괜찮다는 평가를 받는 걸 보면 스스로도 신기합니다. 강연을 전문으로 하는 사람도 아니고, 바쁜 회사 업무로 인해 휴가를 써가면서 시간을 내는 파트타임 강연자일 뿐인데 말입니다.

저는 주로 커뮤니케이션에 대해 강연을 합니다. 이것도 재밌습니다. 학부와 대학원에서 말, 글, 대화, 커뮤니케이션을 공부하지 않았던 제가 소통을 주제로 강연이라니, 어쨌거나 강연이 끝나면 '대체로' 좋은 평가를 받는 이유가 궁금했습니다. 그래서 강의를 들은 분들에게 개인적으로 여쭸습니다. 공통된 얘기는 '시작부터 다른 사람들과 달랐다'라는 점이었습니다.

"다른 강사들과 달라요. 보통 강사들이 시작할 때 하는 '자기 자랑' 있잖아요? 무슨 대학을 나왔고, 무슨 자격증을 갖고 있으며, 어떤 컨설팅 회사의 대표이며, 지금까지 수많은 대기업과 공공기관에서 '매우 비싼' 몸값을 받으며 강의를 진행하고 있다는 말이죠. 우리가 듣고자 하는 말을 해야지, 왜 자기 자랑에 시간을 쓰는 건지……."

이상했습니다. 저도 강연 첫머리에서는 자랑 비슷한 것을 하긴 했는데…… 그분들은 '다르다'라고 했습니다. 그분들이 인상 깊게 느낀 제 강연의 첫마디는 대체로 이런 것이었습니다.

"어휴, 저 오늘 부서장님에게 휴가 승인을 받고 오느라 힘들었습니다. 간신히 왔어요. 여러분도 휴가 한번 받기 힘드시죠?"
"커뮤니케이션을 주제로 말씀을 드려야 하는데, 사실 어제 고객과 크게 다투고 말았네요. 이런 제가 무슨 강연을 한다고."

이런 말들은 강연 전에 준비한 게 아니었습니다. 저를 바라보며 앉아 있는 사람들을 보니 그냥 제 모습이 생각나서 얘기를 했을 뿐입니다. 그런데 이렇게 일상에 대한 솔직한 말들이 강연장 분위기를 푸는 데 충분했던 거였습니다. 경직되었던 얼굴들이('이 사람이 말하는 걸 어떻게 한 시간 동안 들어야 하나?'라는 생각으로, 짜증이 섞인) 미소로 바뀌는 이유는 아주 단순했습니다.

강연(혹은 어떤 목적을 갖고 여러 사람 앞에서 설명을 하게 됐을 때)을 할 때는 본론인 주제로 바로 들어가는 것도 좋습니다만 분명히 강연자와 청중 간에 서로 좋은 감정을 형성하는 일도 필요합니다. 자기 상황을 살짝 오픈하고 가능하면 청중과 강사와의 공통분모를 찾는 것, 전반적인 강연의 흐름을 좌우하는 사전 작업이 중요한 이유입니다. 잠깐의 시간이지만 그 효과는 예상외로 상당합니다. 하지만 이렇게 하지 않는 분들이 대부분이라는 게 문제입니다.

어떤 강사는 교육을 시작할 때 생뚱맞게 옆 사람과 하이파이브를 하라고 시킨다고 합니다. 또 다른 강사는 "사랑합니다"라는 말을 앞뒤 그리고 옆자리 사람들과 하게 한다더군요. "피곤하시죠?" 하면서 운동을 시키는 강사도 있고요. 글쎄요, 그보다는 '나도 여러분처럼 그냥 열심히 하루하루 일하는 사람일 뿐입니다'라는 신호만 잘 보내도 얼마든지 분위기를 긍정적으로 만들 수 있다는 걸 왜 모르는 걸까요?

타인과 대화를 할 때는 인사 같은 처음 하는 말 한마디가 앞으로의 관계를 결정할 수도 있음을 기억해야 합니다. 만약 여러분이 본인의 전문 분야에서 발표나 강연 등을 할 일이 생겼다고 가정해봅시다. 낯선 이들에게 자기 자신을 어떻게 소개하고 싶으신지요. 제가 나름대로 지침을 알려드릴 테니 참고해보십시오. 다음의 단계를 따라 하면 됩니다.

첫째, 생각한다. (1분)
둘째, 메모한다. (3분)
셋째, 말해본다. (1분)

여러 번 연습을 했다면 이제 자기소개를 해보도록 합시다. 다음 페이지에 다섯 줄 정도로 적어보세요.

```
┌─────────────────────────────────┐
│  _____   │
│                                  │
│  _____   │
│                                  │
│  _____   │
│                                  │
│  _____   │
│                                  │
│  _____   │
│                                  │
│  _____   │
└─────────────────────────────────┘
```

고생하셨습니다. 이제 자기소개를 큰 소리로 읽어보세요. 마음에 드나요? 그리고 다음의 문제를 통해 직접 정리한 자기소개를 다시 한번 검토해보시기 바랍니다.

Q. 당신은 커뮤니케이션 컨설턴트다. 자녀를 둔 학부모를 대상으로 '자녀와의 대화법'을 주제로 강연을 하게 되었다. 강연을 시작할 때 자기소개를 한다면 다음의 두 가지 중 어느 것을 선택할 것인가?

① "저는 가나다대학교 심리학과 및 동대학원을 졸업했으며 인지행동치료를 전공했습니다. 한국대화협회의 심리힐링치료사 2급 자격증을 갖고 있고 각종 언론 매체에도 등장한 바 있습니다. 연구논문은 현실 치료를 통한 자녀와의 커뮤니케이션 확장이며 현재 ABC대학교 심리학과에 강사로 출강하고 있습니다."

② "마음이 좋지 않습니다. 어젯밤 첫째 아이와 한바탕했거든요. 자녀와의 대화법에 대해 강연해야 하는데 정작 저부터가 아이의 마음에 상처주는 말을 해버렸으니 말이죠. 어쨌거나 오늘 이 시간, 어젯밤 제가 실수했던 모습들을 돌이켜보면서 잘 진행해보겠습니다."

---

②를 들은 청중이라면 '강사도 나처럼 아이를 기르는 사람이구나. 말실수를 했다고 하니 잘 들어보고 나는 그렇게 실수하지 말아야겠다'라고 생각하면서 편안하게 강연자를 받아들일 준비를 하게 되지 않을까요. 뭔가 있어 보이지만 딱딱한 ① 같은 자기소개보다는 '나도 당신과 다르지 않다'라는 뉘앙스로 시작하는 자기소개야말로 첫인사의 정석이 아닐까 합니다.

사회생활을 시작한 어른이라면 나만의 자기소개 문구 하나쯤은 정리해서 갖고 있어야 합니다. 잘 정리된 자기소개는 나의 이름이라는 주역에 멋진 배역 역할을 해주니까요. 이때 '사람들이 알아주겠지'라는 생각보다 '사람들이 알 수 있도록 노력해야지'라는 겸손함이 있어야 힘을 더할 수 있습니다. 오래전의 일이지만 가수 강수지 씨의 일화가 기억납니다(강수지 씨는 1990년대 초반 노래 「보라빛 향기」로 절정의 인기를 누렸고, 이후에도 「흩어진 나날들」, 「시간 속의 향기」 등을 연이어 히트시킨 가수이자 엔터테이너). 강수지 씨가 낮 시간대 라디오 프로그램을 맡았을 때의 이야기인데 그는 프로그램이 시작되면 이렇게 인사말을 남겼다고 합니다. "수지맞으세요! 안녕하세요, 강수지입니다!" 자신의 이름에 '수지맞다'라는 표현을 적절히 연결한 것이죠. 강수지 씨는 자기 이름에서 의미를 찾아낼 줄 알았으며, 그 의미를 진행하는 프로그램의 목적에 맞게 변모시켰습니다.

이런 유명인조차 자신을 알리기 위해 온갖 노력을 하는데 평범한 일반인인 우리라면 조금 더 긴장해야 하지 않을까요. 아직 본인만의 짧은 자기소개가 없다면 이 기회에 한번 정리해보면 좋겠습니다. 상대방과 관계를 잘 맺고자 한다면, 말하기를 발전시키고자 한다면 우선 첫인사부터 제대로 해야 하는 법입니다. 이제 스스로 말해보세요.

"저는 _____ 입니다."

12

뻔뻔한 태도는
조금 부끄럽지만 도움이 된다

우리는 세상에 자신을 드러내기 위해 언어를 사용합니다. 하지만 늘 하는 말이 그토록 어렵습니다. 주변을 보면 타인과 소통하는 게 어렵다는 사람이 참 많습니다. 머릿속에는 있는데 말로 표현하기가 어렵다거나, 조리 있게 말하고 싶으나 그렇게 나오지 않는다고 말이죠.

저는 그런 분들께 조금 더 용기를 내라고 말씀드리고 싶습니다. 말할 때는 말해야 합니다. 사람은 누구나 표현할 줄 알아야 하고 또 그래야만 합니다. 그저 입만 다물고 있으면 세상은 알아주지 않습니다. 중요한 순간, 시간과 공간의 주도권을 잃어버릴 수도 있습니다. 물론 우리의 말이 상대방의 흥미와 기쁨에 전혀 관계가 없다면 그건 의미 없는 아우성에 불과하지만 말이죠.

우선 아무거나 말하라는 게 아님을 기억해주세요. 생각해보면 저 역시 말하려다가 오히려 말하지 않은 것만도 못한 경우를 여러 번 겪었던 경험이 있습니다. 많은 사람이 모인 자리에 가게 되면 무엇인가를 말해야 할 것 같은 의무감을 느낀 적이 꽤 있습니다. 나서서 말하려고 하는 것은 좋은 시도이며, 용기를 낸 것이지만 주의해야 합니다. 특히 이런 생각이 들 때 말입니다. '말 안 한다고 뭐라고 그러기 전에 아무거나 말하자!'

지나고 보니 착각이었습니다. 급한 마음에 설익은 말을 꺼냈다가 괜히 화만 키운 순간이 한두 번이 아니었습니다. 제 딴에는 옳은 말이라고 생각해서 했을 겁니다. 하지만 그 순간 그곳의 공기를 싸늘하게 만든 말이 대부분이었습니다.

'무슨 말이라도 해야 해'라고 조급해지는 순간, 이제 다음의 세 가지를 기억한 후에 입을 열어보면 어떨까 합니다. 별거 아닌 거 같아 보여도 아주 중요한 기준입니다.

첫째, 상황 파악
둘째, 생각 정리
셋째, 말하기

현재 본인이 처한 상황을 잘 둘러보세요. 그리고 내가 무슨 생각을 말하려고 하는지 스스로 알아채세요. 그것이 상대방에게 어떻게 전달되기를 원하는지도 고민하면서요. 그 뒤에 말하면 됩니다. 한결 여유로운 태도로, 또 실수도 줄어든 말을 하게 될 겁니다.

여기에서 듣기에 대해 말씀드리고 싶습니다. 잘 말하는 일만큼이나 중요한 것이 '잘 들어주는 일'입니다. 관계는 말을 하는 누군가를 바라보는 또 다른 누군가의 듣기가 있기에 유지됩니다. 여러분이 어느 모임에서 나름의 지분을 얻고 있다면 그것은 멋진 말로 구성원들을 매혹해서가 아니라 타인의 말을 잘 들어주고 있기에 그러할 가능성이 높습니다. 만약 들어주기를 멈춘다면 여러분의 지분은 사라질 겁니다.

말을 잘해보겠다고 섣불리 생각을 세상 밖으로 내보내기 전에, 잠시 스스로의 듣기 수준에 대해 정리해보면 좋겠습니다. 누군가로부터 무엇인가를 들을 때 어떤 태도를 갖추고 있는지 확인해보는 겁니다. 예를 들어 누군가와 대화할 때 아래의 네 가지 중 하나라도 해당하는 항목이 있는지 확인해보면 도움이 될 것입니다.

① 상대방이 말하는 도중에 말 끊기
② 상대방이 말하는 도중에 휴대폰 보기
③ 상대방이 말하는 도중에 어휘 및 문법 실수를 지적하기
④ 상대방이 말하는 도중에 내용이 아닌 말하는 모습을 비판하기

이렇듯 들어야 할 때 삼가야 할 태도를 미리 정리해두면 평소에

유용하게 쓸 수 있고, 동시에 기분 좋은 사람이라는 긍정적 인상까지 남길 수 있습니다. 여러분의 말하기가 빛나기 위해서라도, 세상 그 누구에게서도 '당신과 대화를 하니 너무 즐겁다'라는 찬사를 받기 위해서라도 말이죠. 듣지 않고 말하기 그 자체에만 열중하는 것은 대화에는 언제나 상대방이 있다는 사실을 망각하고 있는 셈이나 마찬가지입니다.

이렇게 말씀드리니 '말하기가 이렇게 힘들어서야 어디 무서워서 입을 열겠나?' 하고 생각하며 답답해하실지도 모르겠습니다. '말하는 게 힘들다니, 아예 나서서 말하지 않겠어!'라고 다짐할지도 모르겠습니다. 그렇지 않습니다. 최소한의 조심성을 준비했다면 이제 적극적으로 말할 차례입니다. 용기를 내어 말해야 하는 순간이 우리에게 다가온 것이죠.

상황에 따라 '뻔뻔함'을 선택해야 하는 때도 있습니다. 예를 들어 볼까요. 하루는 팀 회식을 마치고 다 함께 노래방에 가게 되었습니다. 여러분이 열심히 준비한 노래는 아이유의 「좋은 날」입니다. 그런데 누군가 먼저 이 노래를 불러버렸다면 이때 '어, 내가 부르려고 했던 노래를 다른 사람이 먼저 하면 어떻게 해?'라며 답답해하면서 또 '뭘 불러야 하지' 하며 고민하고만 있어야 할까요?

아닙니다. 본인이 부르려고 했던 노래를 다른 사람이 한다고 해서 괜히 빼는 것보다 당당하고 용기 있게 「좋은 날」을 불러보는 겁니다. 물론 '뭐야, 같은 노래잖아'라고 누군가 툴툴거릴 수도 있겠습니다. 그럴 때는 이렇게 대응하면 됩니다. "같은 노래지만 다른 느낌으로 잘 불러볼게요." 만약 생각과 달리 노래를 잘 부르지 못했다면 "앞에서 먼저 부른 ○○ 대리님이 얼마나 잘 불렀는지 비교해보시라고 불렀습니다" 하고 넉살스럽게 대답하는 겁니다.

노래를 좀 못한다고 해서 회사에서 불이익을 받을 일은 없습니다. 괜한 불안함에 떨기보다는 음치인 자신을 당당하게 드러내는 자신감이 오히려 여러분을 상황에 맞는 말을 센스 있게 하는 사람으로 평가받게 만듭니다. 이렇듯 '뻔뻔하기'라는 양념도 말투에 녹여보기를 바랍니다.

말을 한다는 것은 자신의 가치를 드러내기 위해서 하는 경우가 대부분입니다. 용기를 내어 뻔뻔하게 말하는 것도 마찬가지이고요. 자신을 잘 드러내고 어필할 줄 알게 되었다면 이제 타인의 '도움'을 잘 받기 위한 말하기에도 관심을 두었으면 합니다. 지금 할 이야기는 특히 사람들과 좋은 관계를 맺는 데 관심이 있다면 꼭 알아둘 만한 소재입니다. 사람은 자기에게 호의를 베풀어준 사람보다 자기가 호의를 베푼 사람을 더 좋아하는 경향이 있다고 합니다. 이러한 심리적 성향을 두고 미국 정치인의 이름을 따서 '벤저민 프랭클린 효과Benjamin Franklin Effect'라고 부르기까지 한다니, 이는 어느 정도 사람들의 일반적인 성향으로 인정해야 하겠습니다. 그렇다면 우리 삶에는 어떻게 활용하면 좋을까요? 사례를 통해 알아보기로 합시다.

한 회사의 회의실 안 장면을 상상해봅시다. 그날따라 팀장의 심기가 불편합니다. 전월 팀의 실적이 좋지 않았고, 회의 분위기는 엉망입니다. 회의에 참석한 모든 팀원을 한 명씩 언급하면서 '도대체 지금까지 이루어 낸 성과가 무엇이었느냐' 하고 윽박지르고, 한숨을 쉬고, 목소리가 높아집니다. 시간이 갈수록 그 불편함은 무겁게 더해집니다.

그동안 팀의 실적이 회사 전체에서도 최하위에 머물렀기에, 팀장의 그런 모습을 인정할 수밖에 없는 팀원들은 '죄송하다'라는 말 이외에는 할 말이 없는 상황입니다. 여차여차해서 회의가 끝났습니다. 사무실에는 적막만이 흐르고, 팀장과 팀원들 모두 굳은 얼굴로 자리에 앉습니다. 이 어색한 분위기를 어떻게 해야 할까요.

그때였습니다. 팀원 중 한 명인 김 대리가 조용히 팀장의 자리로 가서 무언가 쑥덕거립니다. 그리고 함께 사무실을 나갑니다. 얼마 지나지 않아 돌아오는 두 사람의 얼굴에서 조금 전의 무거운 분위기는 사라졌습니다. 약간의 미소마저 보입니다. 도대체 어찌 된 일일까요? 알고 보니 김 대리는 팀장에게 '말씀드릴 게 있다'라고 말하곤 회사 인근의 카페로 함께 갔다고 합니다. 그곳에서 당연히 '달달한 커피'를 주문했겠죠? 커피가 나오자 한 모금씩 마신 후, 여전히 꺼림칙한 표정을 짓는 팀장에게 김 대리는 이렇게 말했답니다. "팀장님, 저희가 많이 부족했죠. 그런데 일단 저부터 잘해보고 싶습니다. 부탁드립니다. 제가 우리 팀을 위해서 그리고 저에게 주어진 목표에 이르기 위해서 무엇이 필요할까요?"

한편으로는 당황하면서도 다른 한편으로는 고개를 끄덕이던 팀장은 진심에서 우러나오는 조언을 했고, 김 대리는 그 말에 적극적으로 고개를 끄덕이면서 응했다고 하더군요. 결국에는 '우리 한번 잘해보자'라는 말로 화기애애한 커피 타임이 끝났답니다. 후일담이지만 이후 김 대리를 바라보는 팀장의 생각도 호의적으로 변했다고 하네요.

팀원이 스스로 부족함을 고백하고, 거기에 자신에게 도움을 요청하는 모습에서 팀장의 답답한 마음은 한순간에 녹아내렸습니다. 앞으로 무엇을 어떻게 해야 하는지 궁금해하는 김 대리의 모습을 보며 뿌듯함과 기쁨을 느꼈을지도 모릅니다. 도움을 요청하고, 또 도움을 주고, 이것이 바로 벤저민 프랭클린 효과가 아닐까 합니다.

'적이 당신을 돕게 되면 나중에는 더욱더 당신을 돕고 싶어 하게 된다'라는 말도 기억해두시길 바랍니다. 껄끄러운 적이 눈앞에 있을 때 '이 사람은 적이야!'라는 적대적인 생각이 아니라 그 대신 벤저민 프랭클린 효과를 더하여 말과 행동을 하게 된다면 말 그대로 '적을 친구로 만드는' 기회로 삼을 수도 있을 겁니다.

13

말하기 전에 생각했나요?
개싸움을 지적인 소통으로 바꾸는 법

한 해를 잘 마무리했다고, 수고했다고 덕담을 나누고 서로를 떠들썩하게 축하해주는 송년회. 그런데 최근에 송년회 문화가 급속도로 바뀌고 있습니다. 가능하면 불편한 단체 모임을 줄이고, 정말 좋아하는 사람들만 소소하게 만나서 이야기에 집중하는 식으로 말이죠. 소위 가성비라 불리는, 실속을 따지는 소비 형태가 인간관계에도 적용되고 있습니다.

인맥을 넓히는 방향으로 관계를 맺는 데 집중했던 과거와 달리, 요즘은 많은 이가 불필요한 관계를 최대한 줄임으로써 시간과 에너지를 아끼려 합니다. 그동안 주변을 스쳐 지나간 사람들 중 (극히 일부이긴 하지만) 무례한 언행을 일삼는 이들로 인해서 극심한 피로감을 느낀 경험이 많기 때문일 겁니다. 코로나 사태로 인해 각자의 생활을 누리면서 이런 경향이 더욱 강해진 듯합니다.

혹 여러분도 잘 알지도 못하는 사람에게서 인격을 송두리째 훼손당한 경험은 없는지요? 또 의도치 않게 상대에게 상처를 준 경험은? 말을 할 때는 자기 자신의 영역을 최소한도로 보호하는 것까지 포함해야 합니다. 이는 한편으로 상대방을 향한 말도 다시 경계하게 만듭니다. 나 자신을 보호함과 동시에 타인도 인정하는 말하기, 즉 사람에 대한 존중을 목표로 하는 대화를 시작해야 합니다.

그래서 말을 할 때는 '선'을 넘지 않아야 합니다. 상사와 부하 사이, 동료 사이, 연인 사이, 부모와 자녀 사이, 친구 사이 등 여러 관계에 적용할 수 있는 말하기의 공통된 핵심은 나의 영역만큼이나 상대방의 영역도 인정하고 수용하는 태도입니다. 서로 상처를 주지도, 받지도 않는 건강한 관계를 만들기 위해서 말입니다.

이를 위해 우선 자기 자신을 지킬 줄 알아야 합니다. 간단한 예를 들어볼까요. 퇴근 시간이 임박했는데 갑자기 윗사람에게서 저녁 식사를 함께하자는 제의를 받았습니다. 제의의 형식을 보이긴 했으나 '강요'된 불편한 자리입니다. 당연히 가기 싫습니다. 함부로 자신의 영역을 침범한 상사가 밉습니다. 분노가 뱃속 깊은 곳에서부터 요동칩니다.

어떻게 해야 할까요? 퉁명스럽게 "싫어요. 회식하려면 최소 3일 전에는 동의를 얻어야 하는 것 아닙니까?"라고 퉁명스럽게 대꾸할 것인가요. 이는 여러분을 지키지 못함은 물론, 말을 잘하지 못하는 상대의 마음에도 상처를 주게 됩니다. 이렇게 반갑지 않은 제안을 갑작스럽게 맞닥뜨리게 됐을 때를 대비해 다음과 같은 예시를 알아두고, 현명하게 대처하기를 바랍니다.

[1단계] 매너 있는 태도 : 상대에게 안타깝다는 표정을 짓는다.
[2단계] 상처 주지 않는 말하기 : "좋은 기회인데 어쩌죠, 두통이 심해서…… 쉬어야겠습니다."

먼저 표정이나 몸짓 등을 통해 정중한 태도를 취한 뒤, 상대가 상처받지 않을 정도로 완곡하게 핑계를 대봅시다. 사실 별것 아닌데 이게 참 어렵습니다. 솔직히 '내가 왜 이렇게까지 해야 해?'라는 반감도 생기고요. 하지만 우리는 모두 어른이 아닙니까. 상대방이 어른다운 말하기에 서투르다면 (화를 내는 대신) 본인부터라도 어른답게 말할 줄 알아야 합니다.

다른 사례를 살펴봅시다. 처음 방문한 미팅 장소에서 어색한 분위기를 깨고 상대방과 편안한 관계를 맺고 싶습니다. 어떤 말을 먼저 시작해야 할까요? 대뜸 용건부터 말하는 건 부담스러운 분위기만 증폭시킬 수 있습니다. 이럴 땐 용건과 다소 무관한, 구체적인 화제를 들며 대화를 시작하는 게 좋습니다. "회의실이 이렇게 사람들로 꽉 찬 걸 보니 회사의 성장세가 느껴집니다", "오는데 차가 많이 막혔습니다. 이 지역은 사람도 많고, 차도 많고…… 활력이 넘쳐 보입니다".

어색하다고요? 그렇다면 상대방에게 작은 부탁 하나를 하는 것도 방법입니다. "물을 한 잔 마시고 싶은데 부탁드려도 될까요?" 하고 말이지요. 누군가의 부탁을 들어준 사람은 결국 부탁을 요청한 사람에게 호의를 보이게 된다는 앞에서 나온 벤저민 프랭클린 효과도 있으니 이를 잘 활용해보면 어떨까요. 물 한 잔 정도는 무리한 부탁도 아니기에 선을 넘지 않으면서도 조금 더 친밀하게 자신을 드러내는 방법이 될 겁니다.

하지만 가끔은 조금 강하게 불편한 마음을 드러내는, 나 자신을 보호하는 말하기도 필요합니다. 무례한 사람들은 생각보다 세상 여기저기에 많기 때문입니다. 쓸데없고 불편한 질문을 아무렇지도 않게 하는 사람들이 그들이죠. 이럴 때 어떻게 해야 감정을 소모하지 않으면서 무례함에 대응할 수 있을까요?

조금만 더 당당해지면 됩니다. 예를 들어 직장인인 여러분이 여성이고 싱글이라고 가정해봅시다. 어느 날 점심 식사 시간에 "남자친구, 있어?"라는 말을 상사에게 듣게 된다면 "소개팅해주시게요? 고맙습니다!" 하고 받아치면 됩니다. 혹은 결혼 날짜를 잡았는데 선배로부터 "결혼하고 난 뒤에 직장은 어떻게 할 거야? 계속 다닐 거야?"라는 질문을 받았다면 "결혼하면 직장에 더 충실해지지 않을까요?"라고 웃으며 가볍게 대꾸하는 거죠. 더 나아가 앞의 질문을 받은 시점으로부터 시간이 더 지났다고 예상해봅시다. "아기는 아직

이야?"라고 누군가 묻는다면 "아기는 하늘에서 주는 선물이니 기쁘게 기다리고 있어"라고 답하면 됩니다. 말하기가 곤란할 때는 이렇게 한발 물러서듯 약간의 거리를 만들며 대화해보세요. 물론 앞과 같이 직접적으로 묻는 사람이 아주 많지는 않을 겁니다. 하지만 최소한 일상에서 종종 맞닥뜨리게 되는 진땀 나는 상황에서 서로의 적정 거리를 유지하는 말하기를 익혀둔다면 일상이 조금은 더 편해질 겁니다.

사람에게는 저마다 각자 지키고 싶은 '자기만의 방'이 있다고 합니다. 상대의 방에 들어가고 싶다고 해서 방문에 귀를 대고 그가 가르쳐주지 않은 것까지 억지로 알아내려고 애써서는 안 됩니다. 어른의 말하기란 상대방의 방문을 똑똑 두드린 뒤에 '들어오세요'라는 허락을 받았을 때 비로소 문을 천천히 밀고 들어가는 것과 같습니다. 그게 아니라면 대화는 설득이 아니라 일방적 주장에 불과할 뿐입니다.

물론 세상이 생각처럼 그리 호락호락하지는 않습니다. 노력해도 생각과 다르게 대화가 흘러가기도 하고, 서로가 처한 상황을 이해하려고 하지 않으면서 함부로 상대의 말을 평가하고 결론낸 후 착각하는 일이 부지기수입니다. 혹은 타인의 말을 100퍼센트 이해하지 못하는 게 정상임에도 불구하고 '왜 말을 알아듣지 못하는 거지?'라면서 불평을 하고 관계가 멀어지기도 합니다. 그 과정에서 상처를 받기도 하고요.

다만 평소에 선을 넘지 않는 말하기를 잘 정리해두기만 한다면 불필요한 말에 휘둘리는 일을 줄여갈 수는 있습니다. 상처를 주는 말로부터 자신을 지킬 수 있고, 할 이유가 없는 말로 상대방에게 가할 고통을 줄일 수 있는 셈입니다. 상대방과의 대화가 더는 '개싸움'이 아닌 '지적인 소통'이 되기를 바란다면 한번 고민해봐야 할 화두입니다.

14

가장 간절하게
원하는 것을 얻는 비결

'엘리베이터 스피치Elevator speech', 말하기에 관심이 있는 사람이라면 아마 수십 번도 넘게 들어봤을 용어가 아닐까 합니다. 엘리베이터를 타고서부터 내릴 때까지 약 60초 이내의 짧은 시간 안에 말로 상대의 마음을 사로잡을 수 있어야 함을 뜻하는 용어인데, 이는 할리우드 영화감독들 사이에서 비롯됐다고 합니다. 왜 영화감독에게 이런 스피치가 필요했던 걸까요?

멋진 시나리오를 가진 영화감독에게는 시나리오를 영화로 전환해줄 투자자가 있어야 합니다. 아무리 멋진 시나리오가 있어도 수백 억이 들어가는 영화를 제작하기 위해서는 결국 돈이 필요한 것입니다. 그런데 돈이 많은 사람은 대부분 시간이 없습니다. 우연히 탄 엘리베이터에서 투자자를 만난 바로 그 순간, 영화감독은 자신의 시나리오가 얼마나 괜찮은지 확실하게 어필해야 합니다. 자신의 인생이 걸린 일이니까요. 할리우드뿐만이 아닙니다. 미국 항공우주국 NASA은 미 연방정부 기관 중에서도 직원 만족도가 가장 높은 곳으로 꼽히는데, 이곳 역시 엘리베이터 스피치와 비슷한 '120초 스피치'를 도입해서 효과를 봤다고 합니다. 마찬가지로 엘리베이터에서 갑자기 만난 사람에게 2분간 본인의 업무와 회사의 목표 등에 대해 분명하게 설명해보는 훈련입니다. 직원 개개인에게 주인 의식을 더해주는 효과도 있다고 합니다.

핵심을 말하는 기술은 누구에게나 꼭 필요한 역량입니다. 말을 듣는 사람이 의사결정의 선택지에서 빠른 판단을 내릴 수 있도록 도움을 주는, 말하는 사람이 할 수 있는 배려이기도 합니다. 언젠가 '세상의 모든 리더가 제일 싫어하는 것 중 하나가 보고를 받는 일'이라는 말을 들었습니다. 그만큼 의사결정을 한다는 것은 피곤한 일입니다. 보고를 받는 사람들이 대부분 얼굴을 찡그리고 있는 이유는 짧은 시간 속에서 선택을 해야 한다는 스트레스를 받고 있기 때문입니다. 그래서 보고의 말하기는 간결하되, 그 속에 핵심이 들어 있어야 합니다.

핵심이란 '할 말만 하는 것'입니다. 참고로 할 말'을' 하는 것은 아니라는 점을 주의해야 합니다. 이 둘 사이에는 큰 격차가 있습니다. 할 말을 꼭 하겠다고 다짐하는 그 순간부터 보고는 중구난방이 됩니다. 보고를 할 때는 가능하면 60초, 길어봐야 120초 정도가 적절합니다.

핵심만 말하는 기술, 엘리베이터 스피치 스타일의 말하기를 익히기 위해서 어떻게 해야 할까요? 회사를 다니는 직장인을 전제로 설명해보겠습니다. 다음의 세 가지를 염두에 두도록 합시다.

첫째, 누군가가 "지금 무슨 일을 하고 있습니까?"라고 물어봤을 때 늘 답변할 준비가 되어 있어야 합니다. 사실 어려운 일도 아닙니다. 자신이 맡은 핵심적인 업무에 대해 120초 이내로 심플하게 말하기만 하면 되니까요. 이는 업무 정리 차원에서도 도움이 되는 일입니다.

둘째로 누군가가 "혹시 제가 도울 일이 있습니까?"라고 물어봤을 때는 적극적으로 도움을 요청할 줄 알아야 합니다. 어떤 상황이든 간에 100퍼센트로 준비돼 있는 사람은 거의 없습니다. 본인에게 도움이 필요한 부분을 아는 것도 능력입니다. 자신이 잘하는 일과 잘하지 못하는 일 그리고 부족한 자원을 잘 파악하고 있는 것 역시 아주 중요합니다.

마지막으로 "그 일, 잘되면 어떻게 되는 겁니까?"라는 질문을 받았을 때 그 결과에 대해 구체적으로 설명할 준비까지 되어 있어야 합니다.

이 세 가지를 염두에 두고 말을 한다고 상상해볼까요. 아마 차례로 대략 이런 모습일 겁니다.

"팀장님이 맡긴 고객 성향 분류 작업을 진행하고 있습니다."

⋯▸ "마케팅 부서의 협조로 분석 작업은 완료되었으나 개발 부서의 일정상 다소 지연될 가능성이 있습니다. 독려 전화 한번 부탁드립니다."

⋯▸ "이 작업이 완료되면 경쟁사와 차별화된 마케팅 전략이 가능해집니다. 고객센터 역시 이번 작업의 결과물을 통해 효율적인 고객 응대를 기대할 수 있을 겁니다. 고객에게 편안함을 드릴 수 있는 것은 물론입니다."

가만 보니 하나가 빠졌습니다. 이건 일종의 상식이라고 생각해서 뺐는데 추가하는 게 맞겠습니다.

"모두 ○○님께서 관심을 가져주신 덕분입니다. 앞으로도 도와주십시오. 고맙습니다."

이제 완성된 느낌이 들지 않나요? 시간이 60초를 넘기지도 않을 겁니다. 혹시 이런 생각을 할지도 모르겠습니다. 이렇게까지해서 말하기를 배워야 하나, 그냥 내가 하고 싶은 대로 말하면 안 되는 걸까. 글쎄요, 실제로 여러 기사와 인터뷰를 보면 소위 말하는 명문대를 나오는 등 스펙이 화려함에도 불구하고, 정작 회사에서 토론을 하거나 회의를 할 때 아이디어를 잘 내지 못하는 경우들이 참 많다고 합니다. 도리어 타인의 생각과 견해를 무작정 깎아내리고, 비판하는 데만 능숙하다는 것이죠.

올바른 말하기에 익숙하지 못한 결과가 나 자신을 보호하는 데 있어 실패로 나타난다면 아쉽지 않을까요. '말하기 때문에' 흠을 잡히는 것보다 '말하기 덕분에' 인정을 받는 것을 목표로 삼아야 합니다. 비즈니스 현장에서는 더욱 그래야 합니다.

직장인의 보고뿐일까요. 말로 먹고산다는 기자들 역시 사정은 그리 다르지 않습니다. 2010년 11월, 당시 미국 대통령이었던 버락 오바마가 방한한 적이 있었습니다. 연설을 마치고 질의응답 시간이 되었는데 그는 질문을 하지 않는 한국 기자를 향해 호의를 베풀고자 했습니다. 이렇게 제안 하나를 합니다. "한국의 기자들에게 질문권을 하나 드리겠습니다. 한국이 G20의 개최국 역할을 훌륭히 해주었으니까요."

수많은 기자가 손을 번쩍 들 줄 알았던 버락 오바마, 몇 초간의 기다림에도 전혀 기자들의 반응이 없자 당황했습니다. 오바마는 침착을 잃지 않으며 상냥하게 "누구 없나요?" 하며 다시 물었고, 그 자리에는 수십 명의 한국 취재진이 있었지만 카메라의 플래시만 번쩍였습니다. 약 15초 이상 침묵만 흘렀습니다. 이때 갑자기 누군가가 손을 들었는데 그는 중국 CCTV의 기자였습니다. "실망을 드려서 죄송하지만 저는 중국 기자입니다. 제가 아시아를 대표해서 질문해도 될까요?"

'국치일國恥日'이란 단어가 있습니다. 나라가 수치를 당한 날이란 뜻으로, 흔히 우리나라가 일본에 국권을 강탈당한 날인 1910년 8월 29일을 말합니다. 저는 여기에서 착안해 '기치일記恥日'을 머리에 떠올렸습니다. 개인적으로 만들어낸 말이긴 하지만 기치일이란 대한민국 기자가 자신의 말할 권리를 중국 기자에게 강탈당한 날을 뜻합니다.

어쩌다 이렇게 되었을까요. 어쩌면 기자도 피해자일지도 모릅니다. 요즘 젊은 기자들은 말하기나 쓰기보다는 읽기와 듣기 위주의 교육이 우선인 세상에서 살아왔을 겁니다. 그러니까 주체적으로 질문 하나 하는 일조차 부담스러웠을 것이고요. 말하기와 쓰기가 진짜 실력인데 읽고 들은 것을 자신의 수준으로 착각하며 살아왔던 것이죠.

아니면 질문을 너무 어렵게 생각했나 봅니다. 순수한 호기심, 이것 하나만 있어도 충분한데 말입니다. '이것 괜찮은가요?'라는 폐쇄형 질문이 아닌 '이것을 어떻게 생각하세요?'라는 개방형 질문으로 궁금한 점을 풀어나간다면 얼마든지 질문자가 부담 없이 대화를 이끌어갈 수 있었을 텐데 참으로 아쉬운 순간이었습니다.

우리 곁에도 이토록 중요한 순간들이 갑자기 생겨나고 사라지곤 합니다. 이때 말을 하지 못하는 사람은 아무것도 얻을 수 없습니다. 말하는 사람이 결국 원하는 것을 가져갑니다. 일방적으로 대화를 강요하는 것도 나쁘나 대화 자체를 이끌지 못하는 것도 문제입니다. 말하지 않으면 무엇도 얻지 못한다는 사실, 얻어야 할 게 사탕이든, 돈이든, 그 무엇이든 간에 상관없이 꼭 기억해야 할 것입니다.

15

실패담을
고백할 줄 아는 예쁜 사람

　하루는 퇴근한 뒤 에스프레소가 마시고 싶었습니다. 회사 앞에 위치한 작은 카페에 가서 에스프레소 마키아토를 주문했습니다. 자리로 가져다준다고 합니다. 한 5분쯤 지났을까요, 작은 쟁반에 커피를 올려 가져다주시던 분이 머뭇거리며 말합니다. "죄송해요. 제가 아직 미흡해서…… 하트 모양이 안 예쁘네요." 우유 거품 위에 그려진 하트가 눈에 들어왔습니다. 살짝 찌그러져 있었지만 그 한마디에 마음이 따뜻해졌습니다. "아닙니다. 너무 좋습니다. 고맙습니다."

　집으로 돌아가는 길의 공기가 유난히 상쾌했습니다. 누군가의 말한마디로 하루 동안 꽉꽉했던 제 마음이 편해졌습니다. 문득 반성하게 되었습니다. 나의 말은 이렇게 누군가의 마음을 편하게 해주

고 있는 걸까, 하고 말입니다. 좋은 말은 이처럼 상대방과의 거리를
잘 좁혀내는 것이어야 할 겁니다. 다음에 나올 사례는 한 중년 남성
에게 듣게 된 이야기입니다.

늘 느지막이 집에 들어오시는 아버지와는 사춘기를 지날 무렵부터 사이가 서먹
해졌다. 아버지는 조용하셨지만 엄격하셨고, 언젠가부터 내가 가까이 다가가는
것도, 아버지가 다가오는 것도 어색했다.

한번은 고등학교 때, 술을 한잔 걸치고 오신 아버지가 나를 불렀다. '요즘 어떻게
지내느냐', '공부는 잘하고 있느냐', '동생에게 잘해줘라' 등의 말들이 지루하게 이
어졌다. 자리를 벗어나고 싶은 마음에 통명스럽게 답했다. 그런 태도가 마음에
들지 않았던 아버지가 화를 버럭 내셨다. "어른이 말하는데 어떻게 이렇게 통명
스러울 수 있느냐!"

평소라면 "죄송해요"라고 했겠으나 그때는 왠지 화가 났다. "기말시험을 준비 중
인 저를 왜 갑자기 불러서 술주정을 부리시나요. 그동안 얼마나 대화를 했다고,
갑자기 왜 이러시는 거예요!" 놀라서 나를 쳐다보던 아버지의 눈이 기억난다. 죄
송스러웠지만 나는 쉽게 분노를 막아낼 수 없었다. 아버지는 풀 죽은 목소리로
말씀하셨다. "그래…… 가 봐라." 나는 방에 들어와 문을 쾅 하고 닫았다.

그리고 며칠이 지났다. 학교에서 자율학습을 마치고 늦게 집으로 돌아왔다. 방에
들어와서 아침에 채 정리하지 못하고 나간 책상 위의 책을 치우려는데, 작은 종
이 하나가 보였다. 쪽지를 펴 보니 오랜만에 보는 아버지의 글씨였다. '엊그제, 아
빠가 잘못했다. 너의 상황을 몰랐다. 오늘 시험은 잘 봤는지 모르겠다. 그때 그렇
게 말해줘서 고마웠다. 아빠는 너의 말로 조금 변할 수 있었다. 변하지 못한 게
아니라 변하지 않고 있었던 아빠를 되돌아보며 반성했다. 이제 더는 타인 같은
아빠가 되지 않도록 노력하마.'

아주 오랜만에 아버지가 가깝게 느껴졌다. 그건 분명 편지와 함께 끼워져 있던
몇만 원의 돈 때문만은 아니었던 것 같다.

어른의 말하기답습니다. 자신의 부족함을 담담하게 말할 수 있는

아버지를 느낀 아들의 마음은 뿌듯했다고 합니다. '자녀의 이야기에 귀 기울이는 사람'과 '자기 말만 하는 사람' 중에서 누구를 곁에 두고 싶으신지요. 후자를 택하는 사람은 없을 겁니다. 대화란 오만한 자기주장이 아닙니다. 상대방의 연약함을 인정하고, 그 연약함에서 나오는 말 한마디에도 귀를 기울이는 것입니다.

물론 자녀도 노력해야 합니다. '부모의 마음을 읽어내는 아이'와 '자기가 듣고 싶지 않은 것은 거부하는 아이' 중에서 어느 것을 선택하느냐에 따라 부모와의 거리를 좁힐 수도 혹은 멀어지게도 할 수도 있습니다. 이렇게 본다면 어른의 말하기란 어떤 말을 할 것인지에 대한 선택 그 자체가 아닐까 싶습니다.

언젠가 강연을 하는 도중 이런 질문을 받은 적이 있습니다. "저는 이제 회사에서 나름대로 자기 역할을 할 줄 아는 입사 5년 차 대리입니다. 내일 제 밑으로 신입 사원이 출근할 예정입니다. 점심시간 때 신입 사원과 처음으로 자리를 하게 될 것 같은데, 요즘에는 윗사람보다 아랫사람과 대화하는 것이 더 어렵다는 말들이 많지 않습니까. 어떻게 대화를 이끌어 가야 새로 만날 후배에게 좋은 이미지를 심어줄 수 있을까요? 그리고 어떻게 말해야 낯선 환경에 당황해할 그 친구와의 거리를 좁힐 수 있을까요? 더불어 저를 바라보고 있을 팀장님에게도 리더십 있고 호감 가는 구성원으로 보이고 싶은 마음도 있습니다."

저는 질문하신 분께 제 의견이라는 것을 전제로 해서 이렇게 말씀드렸습니다. "축하합니다. 처음으로 마주하게 된 자리, 해주고 싶은 말이 많아도 너무 많을 겁니다. 충고도 해주고 싶고, 격려도 하고 싶고, 때로는 따끔한 질책도 하고 싶죠. 그런데 잠시 여유를 두는 건 어떨까요. 무슨 말을 하려고 애쓰지 마십시오. 내일 하루만이라도 상대방인 신입 사원의 입에서 어떤 말이 나오는지 잘 들어보고 신중하게 답을 해주면 어떨까요. 말을 하지 않으면 하지 않는 대로 존중해주시고, 하면 하는 대로 귀 기울여 듣는 태도를 보여주세요. 만약에 꼭 무슨 말인가 해주고 싶다면 질문하신 분께서 그동안 회사에서 겪었던 '실패담'을 아낌없이 말하는 것으로 시작하십시오. 선배의 진솔한 실패담과 또 그것을 극복해낸 이야기만큼 신입 사원의 마음을 풀어주고 거리를 가깝게 해주는 소재도 없으니까요."

그러니까 '밥 잘 사주는 예쁜 누나'보다 '실패담 잘 말해주는 예쁜 선배'가 되라는 이야기입니다. 성공담보다 실패를 담담하게 얘기할 수 있을 때 상대방의 공감을 얻을 확률이 높아집니다. 은퇴 후 인기가 더 좋은 것 같은 박찬호 선수의 사례도 비슷합니다. 메이저리그 통산 124승이라는 기록을 지닌 그는 지금 여러 강연장과 TV 프로그램에서 활약 중입니다. 그 인기의 비결은 무엇일까요. 박찬호 선수는 다음과 같이 말했습니다.

"강연할 때 저는 제가 언제 부진했는지, 그때 어떻게 이겨냈는지를 주로 말씀드립니다. 10승을 올리고, 탈삼진을 몇 개 잡고……

이런 이야기보다는 저의 실패담에 청중이 더 잘 집중하더군요. 그래서 저는 이제 선수 시절에 저를 괴롭혔던 것들에 감사하게 생각합니다. 그것들이 사람들의 에너지를 북돋우고, 위로와 용기를 줄 수 있는 사례가 되었으니까요."

성공담보다 실패담에 집중하여 사람들과 소통하는 방법을 잘 알고 있는 박찬호, 정말이지 엄지를 척 하고 세워 보이고 싶습니다. 그는 멋진 말하기 비결을 스스로 체득한 사람입니다. 맞는 말입니다. 박찬호 선수가 성공 사례들을 나열하며 잘난 척을 한다면 과연 대중이 그의 말에 귀를 기울일까요? 반대로 실패를 덤덤하게 말할 줄 알기에 사람들은 더욱 박찬호의 말에 집중하는 겁니다.

실패를 말하는 건 일종의 '칭찬받을 만한 솔선수범'입니다. 잘난 척을 말하는 건 '짜증나는 오지랖'일 테고요. 전자인 솔선수범은 자신의 실패를 겸허하게 인정하고 반성하는 태도에서, 후자인 오지랖은 묻지도 않는데 가르치려 드는 태도에서 시작됩니다.

오지랖이라는 단어를 말하니 한 가지 생각나는 게 있습니다. 혹시 클래식 공연장에 가 보신 적이 있으신지요. 저 또한 클래식에 문외한이고, 솔직히 흥미도 별로 없는 관계로 몇 년에 한 번 갈까 말까 하지만 갈 때마다 뭔지 모를 부담감이 있는 건 사실입니다. 그중에 하나가 사소하지만 '언제 박수를 보내야 하지?'에 관한 겁니다. 클래식의 경우, 일반적으로 악장과 악장 사이에 잠시 멈춤이 생길 때에 박수를 보내면 안 된다고 합니다.

저 역시도 공연장에 가게 되면 먼저 박수 치지 않고 남들이 박수를 칠 때 비로소 손을 움직이곤 했습니다. 그러던 어느 날, 언젠가 귀에 거슬리는 박수 소리를 들은 적이 있습니다. 제 자리 바로 뒤쪽에 계시던 남자분이었는데, 한 악장이 끝나자마자 앞에 앉아 있던 제가 깜짝 놀랄 정도로 박수를 쫭쫭쫭! 하고 치고 있었습니다.

저는 그냥 따라서 조용히 박수를 칠 수밖에 없었습니다. 하지만 조금 불편했습니다. 그 소리는 마치 "음악이 저에게 큰 위안과 감동을 줬습니다"라며 연주자에게 보내는 정중한 인사가 아니라, 주변의 청중들에게 "너희들은 이거 언제 끝나고, 언제 시작하는지 잘 모르지?"라며 으스대는 것 같은 느낌을 받았기 때문이죠.

들어보니 이런 박수를 '안다 박수'라고 한답니다. '이 어려운 곡을 내가 잘 알고 있음을 과시하려고 치는 박수'라는 의미인데, 저는 이를 '오지랖 박수'라고 이름 붙이고 싶습니다. 공연장에서 우리는 어떤 박수를 쳐야 할까요. '넌 이것도 몰라?'라는 안다 박수(혹은 오지랖 박수)보다는 '우리 이제 함께 하시죠?'라며 정중하게 상대방을 초대하는 솔선수범 박수를 보내야 합니다.

어른의 말하기 역시 이와 같습니다. 누군가가 실수를 하고 있다면 "네 잘못은 바로 이거야!"라고 윽박지르는 대신에 "나도 힘들고 어려웠던 때가 있었어. 그래서 실패했었고……"로 시작하는 공감의 말을 할 줄 알아야 합니다. 누군가에게 기분 좋은 사람으로 기억되는 법 그리고 그것을 토대로 아름다운 관계로 이어가는 노하우는 실패담을 이야기할 줄 아는 태도에서 비롯됩니다.

16

좋은 사람 곁에
좋은 사람이 모인다

'좋은 삶을 살고 싶다면 좋은 일을 많이 하고, 나쁜 일을 적게 하면 된다'라고 합니다. 동의합니다. 거기에 저는 이 말을 더하고 싶습니다. '좋은 사람과 좋은 관계를 맺고 싶다면 좋은 사람을 많이 만나고, 좋지 않은 사람과는 덜 만난다.'

'디테일Detail'이란 단어를 떠올려봅시다. 흔히 쓰는 말이지만 원뜻은 '옷을 만드는 봉제 과정에서 장식 등을 할 목적으로 이용된 세부 장식의 총칭'이라고 합니다. 여기서 착안하여 '부분' 혹은 '세부'라는 의미로 보통 사용되어 왔죠. 영어에 취미는 없지만 그래도 용기를 내어 어원 분석에 도전해보겠습니다.

De자르다 + tail꼬리

'꼬리를 자르다'라는 의미입니다. 새로운 것을 알게 된 것 같습니다. 평소 '디테일에 충실하자'라고 많이들 말하는데, 저는 이 말을 '아주 자세하게 살펴보고 또 보충하자'라는 의미로 생각했었습니다. 하지만 어원을 알고 나니 '일상에서 중요하지 않은, 불필요한 일들을 자르자'라고 해석하게 되었습니다. 일단 나의 존재를 최우선의 가치로 보고, 중요하지 않은 것에 집착하지 않겠다는 태도, 그게 바로 디테일인 겁니다.

꼬리처럼 잡다한 것들에 집착하다가 결국 꼬리가 몸과 마음을 흔드는 불상사, 우리가 흔히 겪는 일입니다. 한정된 시간과 공간 안에서 본인의 행복을 얻기 위해서는 말 그대로 '디테일에 충실'해야 합니다. 말하기 역시 마찬가지입니다. 많은 것을 이야기하려고 하기보다는 나의 가치를 높이는 '단 하나'에 집중할 필요가 있습니다.

디테일에 충실한 말하기, 인생의 본질에 집중하면서도 누군가와의 관계를 적절하게 유지하는 어른의 화법에는 어떤 것들이 필요할까요. 저는 두 개의 키워드를 제안하고 싶습니다. 먼저 '비움'입니다. 우선 비움에 관한 이야기를 먼저 해보겠습니다.

2017~2018년 MBC 예능 프로그램 「복면가왕」에 출연하여 5연승을 한 출연자, 일명 '레드 마우스'라는 이름으로 노래를 한 분이 있었습니다. 많은 사람이 궁금해하던 그의 정체는 아이유, 유희열 등 수많은 가수가 스스로 팬을 자처하는, 뮤지션의 뮤지션이라고 알려진 선우정아 씨였습니다. 저는 그분의 노래보다도 언론과의 인터뷰 중

에 했던 말이 기억에 남습니다.

"쉬는 날도 음악을 들으며 지내느냐"라는 질문에 그는 이렇게 답했습니다. "전혀요, 쉴 때는 아예 소리를 안 들으려고 해요. 비워내야만 또 새로운 음악으로 채울 수 있으니까." 채우기에 급급한 대신 채움을 위해 오히려 한발 물러서서 자신과 음악의 거리를 지켜봐야 한다는 철학을 갖고 있는 분이었습니다. '채우기 위해서 비워야 한다'라는 그의 말을 통해서 통찰 하나를 얻었습니다.

말을 할 때도 마찬가지로 비워야 할 때 비울 수 있어야 다른 사람의 의견에 대해서도 너그러운 태도를 갖게 됩니다. 자신의 마음을 비워야 상대방의 나쁜 점에 집착하지 않고, 좋은 점을 찾아낼 여유도 생기는 것이지요. 이미 고집과 아집으로 꽉 찬, 수용을 거부하는 팍팍한 마음으로는 인간관계가 나아질 수 없습니다. 잘 비웠다면, 상대방의 생각을 받아들일 준비가 되어 있다면 이제 우리의 말하기는 '절제'의 단계를 거쳐야 합니다. 이에 대해 제가 겪었던 일 하나를 말씀드려보고자 합니다.

무슨 바람이 불었는지 '나도 시를 쓸 수 있을까'라는 생각을 한 적이 있습니다. 그래서 한 출판사에서 진행하는 시 창작 교실을 제 발로 찾아갔습니다. 수업은 아주 재밌었습니다. 사실은 시보다는 수업을 진행하시는 강사님에게 속된 말로 '빠져' 들었습니다.

강사님은 시인이라고 하면 개인적으로 머리에 떠올리고 있었던 '유약함'이라는 이미지와 거리가 먼 분이었습니다(물론 이것 역시 극히 잘못된 선입견 혹은 착각입니다. 이것만 봐도 제가 얼마나 시 그리고 시인에 대해 오해를 하고 있었는지 드러납니다). 한번은 유명한 시인을 연구하는 시간을 가졌습니다. 수업 중, 한 시인이 화제에 오르게 됩니다. 당시 재치 만발한 언어 유희로 한참 인기를 끌던 시인이었습니다. 시에 대해 문외한인 저조차 시인의 이름과 시집의 제목을 어딘가에서 본 적이 있을 정도였으니 확실히 유명한 분이었던 것은 맞습니다.

그분의 시를 읽고 합평하는 시간을 가졌는데 대다수의 수강생들이 '훌륭한 시인'이라고 평가할 줄 알았습니다. 그런데 그렇지 않았습니다. 대부분이 부정적이었습니다. "그런 스타일의 시가 긍정적으로 평가받는다는 게 이해가 되지 않는다", "그건 시도 아니다" 등 혹평이 일색이었습니다. 클래스에서 공부하는 대부분의 수강생 분들이 비웃는 소리가 터져 나왔습니다.

그러던 수강생들은 클래스의 리더인 강사님에게 눈을 돌렸습니다. 모임을 이끄는 운영자, 게다가 중견 시인으로 활동 중인 강사님의 말씀을 (어쩌면 정해진 정답!) 듣고 싶었기 때문일 겁니다. 하지만 강사님은 "제가 생각하는 시는 아닙니다"라며 애매모호하게 말씀하셨습니다. 평소에 과감하게 말씀하시는 것과는 전혀 다른 어조였습니다.

수강생들은 갸우뚱했습니다. 애매하다는 표정이 여기저기에서 보이기도 했고요. 결국 누군가로부터 다소 퉁명스러운 질문이 이어졌습니다. "선생님, 그러니까요. 그런 시는 좋은 건가요, 아니면 나쁜 건가요?" 강사님은 질문한 분을 여유 있게 바라보셨습니다. 그러곤 이렇게 말씀하셨죠. "좋고 나쁨을 함부로 말할 수 있을까요. 다만 제가 쓰고자 하는 시와는 거리가 있습니다."

가만히 듣고 있던 저는 '아, 이렇게 말할 수도 있구나'라며 감탄했습니다. 강사님의 화법, 말 그대로 예뻤습니다. 중견 저자로 활동하는 그분의 권위 정도면 누군가의 시 정도는 얼마든지 날카롭게 평가할 수도 있을 텐데 말이죠. 타인의 글에 대해 최소한의 거리를 두면서 최대한의 예의와 존중을 지켜내는 모습이 아름다웠습니다.

자기 인생의 본질에 집중하기 위해서라도 타인의 것에 대해 지나치게 관심을 두지 않겠다는 현명한 거리 두기의 적절한 사례를 보는 것 같았습니다. 그렇지 않나요. 문단이란 곳, 당연히 좁습니다. 한 사람만 거치면 금방 서로를 알게 될 곳에서 타인의 결과물에 대해 호불호를 적극적으로 나타낼 이유는 없습니다.

누군가를 '디스'한 말 한마디가 바로 당사자의 귀에 들어가는 순간을 상상해보시죠. 끔찍합니다. 우리가 세상의 모든 것에 대해 일일이 잘남과 못남, 옳고 그름을 따질 필요가 없는 이유입니다. 본인의 일상을 누리는 데 아무런 문제를 주지 않는 것이라면 더더욱 그러합니다. 그 대신 비움의 마음과 절제하는 태도로 말을 해야 최소한 중간은 갈 수 있습니다.

누군가 혹은 무엇인가의 옳고 그름을 하나하나 전부 확인하면서 살려고 하는 건 본인의 삶만 피폐하게 만드는 행동입니다. '내가 아닌 것들'과 투쟁하는 것이 아니라 본인 삶의 본질적 가치에 집중하려는 말하기야말로 어른답고 세련된 삶의 태도 그 자체입니다.

17

보고는
'듣는 사람'의 입장에서 하는 것

회사에서의 말하기는 주로 보고의 형식으로 이루어집니다. 하지만 보고를 받는 사람과 보고를 하는 사람의 간격은 마치 지구와 안드로메다은하의 한 별까지의 거리만큼 아주 멀기만 합니다. 어째서 이런 거리감이 느껴지는 걸까요. 바로 보고를 하는 사람과 보고를 받는 사람의 생각을 지배하는 뇌 구조가 서로 완전히 다르기 때문입니다.

연역법Deduction과 귀납법Induction이라는 용어가 있습니다. 여러 번 들어 귀에 익숙할 겁니다. 보고를 해야 하는 사람은 대체로 귀납의 구조에 익숙합니다. 귀납이란 개개의 특수한 사실로부터 일반적 결론을 끌어내는 생각 체계입니다. 몇 가지 사실을 제시한 후에 결론을 내는 방식으로 논리의 비약이 적다는 장점이 있지요. 다음의 사례 예시를 참고해봅시다.

- 사실 ① : 경쟁사인 A사는 이미 X시장 점유율이 40퍼센트를 넘는다.
- 사실 ② : 경쟁사인 B사는 점유율이 30퍼센트인데 내년에 추가적으로 100개의 매장 확대를 계획 중이다.
- 사실 ③ : 경쟁사인 C사는 점유율이 25퍼센트인데 내년에 추가적으로 300개의 매장 확대를 계획 중이다.
- 사실 ①~③으로부터 내린 결론 : 따라서 후발 주자로서 점유율이 10퍼센트 미만인 우리 회사도 빠른 시간 내에 매장 확대 그 이상의 마케팅 프로젝트를 진행하여 시장에서 뒤처지지 않도록 준비해야 한다.

많은 이가 위의 순서대로 보고를 합니다. 하지만 돌아오는 것은 대부분 지적입니다. 열심히 했는데 왜 이런 평가가 돌아올까요. 보고를 받는 사람들은 대부분 바쁘기 때문입니다. 그래서 처음부터 끝까지 유려하게 흐르는 논리를 말할 게 아니라 상대방이 생각하는 결론을 가늠해본 후 사실, 팩트Fact 중심으로 언급하는 것이 필요합니다.

비즈니스 측면에서 말을 듣게 되는 상대방의 머릿속에는 연역법의 일종인 삼단논법Syllogism의 논리가 꽉 차 있습니다. 이는 하나의 주장을 위해 그에 대한 근거를 찾고, 또 그것이 주장과 얼마나 밀접하게 관련되어 있는지를 설명하는 추리법인데 이미 들어보셨을 만한 유명한 예문이 있습니다.

- 대전제 : 사람은 모두 죽는다.
- 소전제 : 소크라테스는 사람이다.
- 결론 : 그러므로 소크라테스는 죽는다.

'소크라테스는 죽는다'라는 결론을 얻기 위한 근거로 두 개의 전제를 세운 것을 볼 수 있습니다. 여기가 포인트입니다. '결론을 얻기 위한 근거로'라는 말에 주목해야 합니다. 그렇습니다. 이미 결론은 내려졌고 이를 뒷받침하기 위한 몇 개의 근거가 필요할 뿐입니다. 직장에서 보고를 받는 사람도 마찬가지입니다. 이런 흐름을 보고자로부터 듣기를 원합니다. 상사에게 말을 하는 우리가 결론부터 내세워야 되는 이유죠.

- 결론 : 후발 주자로서 시장 점유율이 10퍼센트 미만인 우리 회사는 6개월 이내에 최소한 3위 사업자로 거듭나겠다는 목적으로 빠른 시간 내에 매장 확대 그 이상의 마케팅 프로젝트를 진행해야 한다.
- 대전제 : 우리 회사는 경쟁사에 비해 정부 정책의 규제를 덜 받

고 있다.

- 소전제 : 경쟁사는 정부 정책의 규제로 인해 마케팅 비용을 사용하는 데 한계가 있다

이렇게 대전제와 소전제는 뒤로 하고, 결론이 제일 앞에 나와야 합니다. 다만 결론으로 이르는 과정은 겸손해야 합니다. 결론을 내는 주체는 우리가 아니라 그들이라는 점을 잊지 말아야 합니다. 그런데 이 과정이 익숙하지는 않습니다. 삼단논법을 이야기할 때 쓰이는 대전제, 소전제 등의 용어가 난해하기도 하고, 현실 속 말하기에 그대로 적용하기는 다소 어렵습니다. 그래서 저는 이를 조금 변형해서 바로 일상에서 활용할 수 있도록 'CMM'이라는 것을 만들어 봤습니다.

CMM이란 삼단논법을 직장에서 활용하기 쉬운 용어로 변형한 것입니다. 삼단논법의 대전제나 소전제를 보고의 현장에서 머리에 떠올리려는 노력 대신 CMM 하나만 잘 이해해두면 그 어떤 자리에서도 최소한 중간은 갈 수 있다고 자부합니다. 먼저 C는 '결론 Conclusion'을 의미합니다. M은 '시장Market'이고, 마지막에 오는 M은 '나Me'를 뜻합니다(혹은 우리라고 해도 좋습니다). 따라서 보고를 할 때의 CMM이란 '결론 → 시장 → 나'의 순서로 이야기를 진행하자는 것입니다. 이제 앞에서 본 삼단논법 사례를 CMM으로 변형할 차례입니다.

- C(결론) : 후발 주자로서 시장 점유율이 10퍼센트 미만인 우리 회사는 6개월 이내에 최소한 3위 사업자로 거듭나겠다는 목적으로 빠른 시간 내에 매장 확대 그 이상의 마케팅 프로젝트를 진행해야 한다.
- M(시장=소전제) : 경쟁사는 정부 정책의 규제로 인해 마케팅 비용을 사용하는 데 한계가 있다.
- M(나, 우리=대전제) : 우리 회사는 경쟁사에 비해 정부 정책의 규제를 덜 받고 있다.

눈치채셨을 겁니다. CMM은 삼단논법의 원래 구조인 '대전제-소전제-결론'을 정확히 반대로 배치했을 뿐입니다. 이는 결론을 먼저 빠르게 전달하면서도 그에 대한 배경의 이유를 시장에서 찾으며, 동시에 우리(정확히는 재직 중인 회사)의 모습도 이야기한다는 점에서 보고를 듣는 상대방의 사고에 정확히 부합되는 방식입니다.

보고란 내가 아닌 상대방의 결정과 선택에 필요하기 때문에 말하기 방식에 관심을 두고 신경 써야 합니다. 여기서 포인트는 본인이 아는 지식을 뽐내거나 대단한 것을 창의적으로 혹은 화려하게 말하는 것이 아닙니다. 그보다는 조직이 직면한 시장 상황과 그 속에서 살아남기 위해 지금 당장 해야 할 일을 구체적이되 담담하게 말해야 하는 것입니다.

상대방 특히 리더 등을 도울 수 있는 이러한 말하기는 주어진 목표를 달성할 수 있도록 하는 커뮤니케이션 도구로 작용합니다. 그렇게 말하는 자신에게도 이득이 됨은 물론입니다. 말해야 할 것을 적절히 말하는 기술, 절대 잊지 말기 바랍니다.

18

이제 솔직해집시다,
그가 아니라 당신이 싫은 거잖아요

어른의 말하기는 '1인칭 시점'이어야 합니다. 예를 들어볼까요. 싫으면 '내'가 싫다고 말해야 합니다. 싫은 것을 '너'의 문제로 돌려서는 곤란합니다. 다음의 두 문장 중에서 적합한 것이 무엇일까 선택해 보세요.

① "당신이 그렇게 말하는 건 잘못된 거 아닌가요?"
② "나는 당신의 말이 잘못되었다고 생각합니다."

②가 어른답습니다. 의사를 표현할 때는 상대의 선택을 비난하기보다 본인의 솔직한 심정을 드러내는 편이 좋습니다. 단, 심정을 드러내는 표현 방법을 고민해야 함은 물론입니다. 상대의 말이 잘못

되었다고 생각한다면 섣불리 관계를 끊는 대신 '어떤 이유로 그렇게 말한 건지 이해가 되지 않는다. 그러니까 그 이유를 설명해달라'라고 말하는 거죠.

다른 사례를 하나 더 들어볼까요. 직장인인 여러분에게 팀장님이 이렇게 말합니다. 급작스럽게 말이죠. "내일까지 자료 좀 만들어줄래요?" 어떻게 말해야 적절할까요.

① "그걸 어떻게 해요? 팀장님이라면 할 수 있어요?"
② "팀장님, 제가 내일까지 할 일이 있어서 그건 어렵겠습니다. 어떻게 해야 할까요?"

당연히 ②가 옳습니다. 나 자신을 지키기 위해서 괜히 상대방을 내가 처한 자리에 끼워 넣어봐야 서로 감정만 상할 뿐입니다. 대신 정확한 이유를 들며 "힘들다"라고 말하면 됩니다. 그뿐입니다.

이보다 더 나쁜 사례가 하나 있습니다. 상대방을 비난 혹은 비판할 때 자리에도 없는 제삼자를 끌어들이는 경우가 그것입니다. 다음에 나올 말은 한 젊은 직장인('이 대리')이 윗사람에게 들은 말 중 가장 최악으로 꼽은 것입니다. "나는 절대 그렇게 생각하지 않는데…… 지원부서 김 팀장이 이 대리 보고 능력이 부족하다고 그러더라고." 남의 입을 빌려 누군가를 비난하겠다는, 그야말로 지저분한 표현입니다.

그리고 본인이 '싫다'라고 말할 수 있으려면 먼저 상대방이 '싫다'라고 하는 것도 받아들일 용기가 있어야 합니다. 만약 '상대방의 싫음'을 인정할 줄 안다면 (마음은 괴로울지라도) 그 자체로 이미 수준급의 국어력을 지니고 있다고 할 수 있습니다. 그의 호불호를 받아들이고 더 나아가 그것을 인정해주는 생각 그리고 태도, 어른 그 자체가 아닐 수 없습니다. 구질구질한 말에 엮여서 괴로워하는 게 아니라 자신이 원하는 것과 타인이 원하는 것이 늘 같을 수 없음을 알고, 나아가 모두와 공존하는 한 방법을 깨우친 것이라 할 수 있습니다.

"너 나 안 좋아하니?"라고 물어봤을 때 "좋아하는 건 아닌 거 같아"라는 말보다 "응, 넌 내 타입이 아니야"라고 말하는 게 서로의 시간을 아끼고, 불필요한 감정 소모를 줄이는 데 도움이 된다는 이야기를 들은 적이 있습니다. 공감합니다. 자신에게 주어진 선택의 순간을 흐지부지 넘어가도 될 만큼 인생은 그리 여유롭지 않으니까요.

친구라고 생각이 같을 필요는 없습니다. 가족도 마찬가지고요. 오히려 가까운 사이일수록 생각이 다름을 인정한 상태에서 말을 주고받을 수 있어야 관계가 행복에 가까워집니다. 그래도 가끔은 고쳐주고 싶다고요, 그러지 마세요. 누군가와 의견이 맞지 않을 때, 설령 그가 무엇인가 잘못 알고 있더라도 그냥 놔두세요. 불법적이거나 부당한 것이 아니라면 말입니다. 아무리 가까운 사이라도 상대방의 생각과 가치관에 대해 개입하고 비판하는 순간 그 관계는 멀어지게 됩니다. 만약 대화할 때 정치나 종교 등 논쟁 거리가 등장한다면 "그렇구나"라고 하면서 상대방이 하고 싶은 말을 끝까지 하게 두세요. 이해가 안 된다면 그저 "그래? 근데 나는 잘 모르겠어"라고 답하면 됩니다.

대화란 다른 사람과 함께하는 행위이며, 영어 단어 'Conversation'에서 'con'은 '함께'라는 뜻을 지닙니다. 대화란 단독 행위가 아닌 일종의 협업이라는 것이죠. 대화가 대화답게 흘러가려면 서로 간의 협업이 잘 이뤄져야 합니다. 만약 노력했음에도 대화가 잘 이루어지지 않는다면 그건 이제 물러설 때가 됐음을 의미하는 것입니다.

"어딜 다니니?"가 아닌
"잘 돌아와 줄 거지?"

말을 할 때는 '어떻게 말할까'를 생각하기에 앞서 '이 말이 상대방에게 어떻게 들릴까'를 고민해야 합니다. 특히 아끼고 사랑하는 사람일수록 더 적당한 거리를 두면서 조심스럽게 접근해야 합니다.

이전에 참여했던 독서 모임에서 알게 된 한 30대 중반의 여성분께서 들려준 이야기입니다.

회사를 이직하게 되었다. 운 좋게 2주간의 여유가 생겼고, 몇 년간 고생한 나 자신을 위해 선물을 해주고 싶었다. 엄마에게 제주도에 2박 3일간 여행을 다녀오겠다고 말했다. "누구와 함께 가냐"라는 말에 혼자라고 하니 엄마가 놀라면서 답했다. "무슨 여자가 혼자 여행을 다니니?" 세상이 위험한 줄도 모르고 여행을 간다며 타박하셨다. 속으로 '엄마, 제발……'이라는 생각을 했다.

세상을 위험하게 만드는 건 엄마가 생각하고 있는 바로 그것 때문이 아니냐고 반문하고 싶었다. 자식이 하는 일을 지지해주는 고마운 엄마지만 나이 서른이 훌쩍

짧은 일화이지만 많은 것을 생각하게 했습니다. 부모라면 딸이
서른이든 마흔이든 간에 세상에 내놓기 불안하다는 것을 압니다.
하지만 그건 딸을 영원히 좁은 틀 속에 안주하게 만드는 잘못된 훈
육 방식이 아닌가 합니다. 나아가 잘못된 부모의 말이 오히려 자녀
와의 관계도 훼손하게 되는 것이죠.

프로이트Sigmund Freud와 쌍벽을 이루는 정신의학 분야의 개척자
인 칼 구스타프 융Carl G. Jung은 '고백Confession'의 중요성을 강조했
습니다. 심리 치료의 첫 단계인 고백하기에서 내담자가 자신의 억
제된 감정이나 숨겨왔던 비밀 등을 상담자에게 털어놓고 공유해야
치료를 할 때 다음 단계로의 진행이 원활하게 진행된다는 거죠.

부모가 다 큰 자녀의 여행 계획까지 참견과 간섭으로 개입한다면
아마 자녀는 부모에게 '고백'하려는 의지가 사라지지 않을까요. 자
기가 공개한 영역에 대해 존중은커녕 방해받는 느낌을 받는다면 더
는 대화를 하고 싶지 않을 겁니다. 그러므로 말을 할 때는 지지와 격
려가 우선이지, 일방적 걱정과 방해는 정답이 아님을 기억해야 합니
다. 마찬가지로 어린아이나 청소년을 자녀로 둔 부모님이라면 서로
의 거리를 좁히려는 마음가짐은 좋지만 그렇다고 일방적으로 자녀
의 영역에 침범하여 들어가는 건 어른답지 못합니다. 엄밀히 따지

면 자녀도 타인이기 때문입니다.

자녀 또는 소중한 누군가가 잘못된 무엇인가에 잠시 빠져 있다고 할지라도 무조건 몰아세우지 마세요. '그것도 몰랐어!' 혹은 '그 정도는 알았어야지!'라고 하기보다는 '난 수긍이 잘 안 되네' 혹은 '걱정이 돼서 한 말이야'라며 마음을 전하는 정도로 끝을 내는 게 어른의 말하기입니다. '이기는 대화'가 아닌 '이해하는 대화'를 하려고 노력해야 합니다. 만약 내일 갑자기 여러분의 딸과 아들이 혼자 여행을 간다고 한다면 어떻게 대답하시겠습니까. 이제 이렇게 말할 수 있을 겁니다.

"잘 다녀와 줄 거지?"

20

"재밌자고 한 말이야"
무례한 말에 지혜롭게 대처하기

사람은 주어진 호칭대로 살아간다는 말이 있습니다. 이를테면 "너의 행동은 우리 회사에서 가장 잘나갔던 ○○ 임원의 모습과 같다"라는 말을 들은 사람은 용기를 갖고 그 길로 나아갈 수 있게 될 겁니다. 반대로 "너의 행동은 늘 실패하던 ○○ 대리의 모습과 같다"라는 말을 들으면 좌절하고 실망하여 더 나아갈 용기를 갖지 못하게 됩니다.

이것이 상대방을 존중하는 말하기가 필요한 이유인데, 문제는 우리 주변에 존중은커녕 상대방을 함부로 대하는 말투만이 난무한다는 것입니다. 예를 들어볼까요. 비즈니스 모임에서 알게 된 중소기업에 재직 중인 한 친구가 저에게 하소연했습니다. 그는 입사 2년 차이며 여성입니다. 내용은 이러했습니다.

그날은 화이트데이였다. 퇴근 후 남자친구를 만날 예정이었고, 그가 줄 선물을 출근하면서부터 기대했다. 사무실에 도착하니 책상 위는 동료 직원들이 하나둘 두고 간 사탕 봉지, 사탕 가방, 사탕 바구니로 가득했다. 한곳에 트로피처럼 몰아 놓고 일을 시작했다. 그저 감사했다. 점심시간에 식사를 하고 다시 자리로 돌아와 보니 누군가가 또 올려놓은 사탕들로 책상이 꽉 찼다. '좋은 분들이다'라는 생각을 다시 했다.

하지만 곧 평화는 깨졌다. 마침 식사를 끝내고 느지막하게 사무실로 들어오던 과장이 책상 위 사탕들을 보더니 던진 한마디 말 때문이었다. "이야, 꽉 찼네. 근데 왜 남자친구가 없어?" 기분이 나빠졌다. '자기가 뭔데 내가 남자친구가 있는지 없는지 함부로 짐작하는 거야?' 잘 알지도 못하면서 타인의 사생활을 함부로 추측하는 상사의 말이 역겨웠다. "글쎄 말이에요"라고 한 뒤 억지로 미소를 짓긴 했으나 기분이 찝찝했다. 상사라는 이유 하나만으로 상대방에 대해 아무런 예의도 갖추지 못한 말을 하는 것까지 일일이 받아줘야 하는 걸까?

저는 이렇게 답했습니다. "철저하게 거리를 둘 수밖에 없어요. 냉정하고 차분하게, 자신의 사적인 일에 대해 말하지 않으면서 말이죠. '왜 남자친구가 아직도 없어?'라는 시시한 농담을 받게 된다면 무표정한 표정을 짓고 '네'라고 짧게 답하며 냉소를 보내세요. 그리고 끝내요."

이 말을 듣던 그 친구는 "세상이 어디 그리 호락호락한가요. 잠깐 제 말 좀 더 들어보세요"라며 말을 이었습니다.

과장이 "어떤 사탕이 가장 맘에 들어?"라고 물었다. 할 말이 없어서 "다 감사하죠"라고 대꾸했더니 "그중에서 가장 마음에 드는 게 뭐야?"라며 재차 질문했다. 아무 말도 하지 않고 그냥 가만히 있는데 기어코 한마디를 덧붙인다. "가장 마음에 드는 사탕, 저거 맞지? 그게 내가 사준 거야!" 본인이 원하는 말을 끝내 해버리는 모습을 보며 소름이 끼쳤다.

성인이라면 말을 할 때 기본적인 상식常識을 전제로 가진 상태에서 해야 합니다. 상식이란 '정상적인 일반인이 가지고 있는 혹은 가지고 있어야 할 일반적인 지식'을 뜻합니다. 사례에 나온 말을 함부로 하는 과장, 상식의 부재가 안타깝습니다. 타인과 어울리기 위해서 일반적으로 가지고 있어야 할 최소한의 지식을 갖지 못하고 있는 사람입니다.

배우이자 영화감독인 우디 앨런Woody Allen이 한 말이 있습니다. "신은 말이 없다. 그러니까 제발 사람만 입을 다물면 좋겠다." 우디 앨런이 말한 '제발 입을 다물면 좋을 사람'이 바로 이 과장이 아닐까요. 말 같지 않은 말까지 상대방이 온몸으로 받아내고 참아야 하는 상황을 만든 사람, 더 이상 마주할 일이 없으면 좋겠다고 여겨지는 대상이 될 뿐입니다.

세상에 배척의 대상이 되고 싶은 사람은 단 한 명도 없을 겁니다. 그렇다면 어른의 말하기에 익숙해져야 합니다. 어른의 말하기는 자기 욕망을 타인의 욕망과 혼동하지 않습니다. 본인이 바라는 것을 타인 역시 바란다고 생각하는 화법은 일명 요즘 말하는 '라떼의 말하기', 혐오스런 어른의 말하기가 됩니다. 존중받기는커녕 배척받기 딱 좋습니다.

말뿐이 아닙니다. 행동도 마찬가지죠. 아들의 휴대폰을 동의 없이 가져와서는 문자 메시지를 확인하는 엄마, 친근감을 표현한답시고 여자 대리의 어깨를 감싸는 남자 부장, 나와 찍은 사진을 별다른 얘기도 없이 자신의 페이스북에 올리고 '얘랑 밤새워 술을 마셨다' 라고 멘트를 올리는 직장 동료 등도 마찬가지입니다. 상대방을 존중할 줄 모르는 말과 행동은 자제해야 합니다.

어른의 말하기에는 '반성할 줄 아는 자세'도 포함됩니다. 상대방의 표정을 읽고 나서 뭔가 잘못되었음을 느꼈다면 바로 사과할 줄도 알아야 합니다. "뭐 이런 것 갖고 그래?", "야, 농담이야. 그런 걸로 화를 내냐?", "쪼잔하게, 그냥 잊어버려", "네가 참아, 그냥 좋게 넘어가자. 응?" 등을 함부로 내뱉는 대신에 "맞아, 정말 미안해. 이건 내가 잘못한 거야"라고 인정하는 데 익숙해져야 하는 것이지요.

끝으로 종종 우리가 말하기의 가해자가 아닌 듣기에 있어 피해자가 되어 있을 때는 이렇게 대처해봅시다. "재밌다고 생각해서 하신 건지 모르겠는데 저한테는 굉장히 실례가 되는 말이에요. 판단은 듣는 사람인 제가 하는 거잖아요", "난 이런 거 보면 참을 수 없는 사람이야, 몰랐어?" 등 나 자신으로 행복하게 삶을 살아내는 적절한 해법이 있다면 그건 적극적으로 활용할 줄 알아야 합니다.

21

당신과
약간의 거리를 두겠습니다

영화배우들의 수상 소감은 늘 흥미롭습니다. 2018년, 영화배우 나문희 씨가 '한 건' 하셨죠. 그는 제38회 청룡영화상에서 영화 「아이 캔 스피크」로 여우주연상을 받았습니다. 소감은 이러했습니다. "지금 아흔여섯인 우리 친정어머니의 하나님께 감사드리고, 나문희의 부처님께도 감사드립니다."

재치 있는 말 정도로만 생각하는 사람들도 있겠지만 저는 그의 아름다운 말에 감탄이 나왔습니다. 수상 소감의 단골 멘트 중 하나가 종교입니다. 나문희 씨는 '자신의 부처님'을 말하면서도 '어머니의 하나님'까지 언급하는 여유로움을 보여주었습니다. 기독교인과 불교 신자 모두를 아우르는 센스, 누구에게 배운 걸까요. 이런 말을 가르쳐주는 곳이 있다면 거액을 주고서라도 배우고 싶습니다.

종교에 관한 것이기 때문에 민감한 문제일 수도 있지만 제가 겪었던 일을 말해볼까 합니다. 몇 년 전, 한 강연에서 생긴 일입니다. 끝날 무렵에 질의응답을 하게 되었습니다. 한 분이 마이크를 잡았습니다. "요즘 명상을 배우고 있다고 하셨는데 저도 관심이 있습니다. 마음이 불안하고 그래서요. 배워보니 어떠신가요?" 저는 다음과 같이 답했습니다. "최근에 작은 일에도 화를 내는 저 자신을 알아차리게 되었습니다. 그걸 고치고 싶었습니다. 마침 회사에서 진행된 명상 클래스를 수강하게 되었고 마음이 편안해지는 느낌을 받았습니다. 그게 본격적으로 공부하게 된 계기였……"

이때였습니다. 제가 말하는 도중 갑자기 누군가가 큰소리로 말하며 끼어들더군요. "마음이 불안하면 종교를 가져야지, 무슨 명상으로 마음이 편해진다고!" 정말 당황했습니다. 여러분이라면 이럴 땐 어떻게 대응했을 것 같으신지요. 그냥 재미로 한번 골라보세요.

① … (말하는 대신 매섭게 노려본다)

② "왜 갑자기 끼어들어요? 함부로 말하실 거면 나가주실래요?"

③ "잘 모르시는 것 같은데 명상은 서양 심리학에서도 인정하는……."

④ "주신 말씀, 고맙게 들었습니다. 참고로 저는 제 경험을 말씀드렸을 뿐입니다."

저는 ④번을 택했습니다. "그냥 저는 제 경험만 말씀드렸을 뿐입니다"라고 답했습니다. 친밀하지 않은 관계에서 (청중과 강사라는 거리를 고려해봤을 때) 적당한 대응이었던 것 같습니다. 더 이상의 소란은 일어나지 않았으니까요. 그런데 만약 나문희 씨가 저 대신 그 자리에 계셨다면 어떻게 답했을까요. 궁금해집니다. 당연히 아름다운 언어로 답했을 것 같습니다.

일상에서 우리는 타인과 그의 고유한 취향을 일방적으로 무시하는 사람을 만나게 되곤 합니다. 그들은 상대방이 속한 집단도 무시합니다. 사회는 나와 타인이 함께 사는 공간이고, 그 공간은 나름의 집단으로 구획되어 있으며, 집단이란 각 구성원들이 영위하는 삶의 축소판이라는 점을 너무 쉽게 간과합니다.

'내가 속하지 않은 다른 집단'이란 무엇인가요. 내가 살지 못한 삶을 누군가가 '대신' 살아낸 곳이 아닐까요. 내가 살지 못한 삶을 통째로 경험한 사람이 자신의 곁에 있다면 그의 경험담을 들을 때 감사의 마음으로 받아들이는 게 옳습니다. 하지만 많은 이가 감사는커녕 거부와 반발의 마음만으로 접근하면서 관계를 깨뜨리곤 합니다. 만약 받아들이지 못하겠다면 그냥 조용히 있으면 됩니다. 이렇게 최소한의 노력은 해야 하는데 무작정 자기의 입장만 주장하거나 강요하는 태도는 조금 아쉽습니다.

가수 소유와 정기고가 함께 부른 노래 「썸Some」의 가사를 잠시 떠올려보세요. '니꺼인 듯 니꺼 아닌 니꺼 같은 나 / 순진한 척 웃지만 말고 그만 좀 해 / 너 솔직하게 좀 굴어 봐 / 니 맘 속에 날 놔두고 한 눈팔지 마……', 노래 속의 화자가 상대방과의 썸 때문에 조금은 괴로워 보입니다.

하지만 실생활 속에서 성인이 말을 할 때는 사람과 사람 간의 '썸'이라는 약간의 거리감을 인정한 후 말을 하는 것이 옳습니다. 썸이 실종된 사이를 '쿨'한 관계로 치부하고, 함부로 상대방을 향해 자기의 생각만을 강요한다면 오히려 그것이야말로 인간관계에 관한 무지함을 드러내는 증거라고 할 수 있습니다.

'내 것'이라고 해도 늘, 언제나, 항상 내 곁에 있어야 하는 누군가가 아닙니다. 그렇게 되면 세상의 모든 관계가 건강하게 버텨내지 못합니다. 상대방의 영역, 공간에 대한 배려가 없는 이와 소통하고 싶어 하는 사람은 별로 없습니다. 소유의 말하기가 아닌 인정하고 수용하는 말하기를 해야 하는 이유입니다.

무작정 '매일 아침 정해진 시간에 너의 문자가 없다'라고 보채거나, '주말에는 무조건 만나야 해'식으로 나의 의견만을 강요하고 그에 따르기를 재촉한다면 상대방은 부담스러울 수밖에 없습니다. 받아들일 준비가 되어 있지 않은 상대에게 노래 「썸」처럼 '자꾸 뒤로 빼지 말고 날 사랑한다 고백해줘'라고 눈치를 준다면 멀쩡한 관계라도 엉망이 되는 건 시간 문제입니다.

썸은 사라져야 할 긴장감이 아닙니다. 인간관계 속에서 늘 가다듬어야 할 소중한 전략이자 화술에서는 특히 핵심적인 키워드입니다. 이제 '썸 탄다'라는 말을 '냉정하다', '머리를 쓴다'라는 뜻으로 읽는 대신 '어른답게 행동하는 데 익숙하다'라고 긍정적으로 해석해보는 것은 어떨까요. 말투에 고민이 많은 당신이라면 썸의 미학에 관심을 두기를 바랍니다.

한국인 99%가
무심코 쓰는 최악의 말 1순위

다음의 질문에 한번 답을 해봅시다.

Q. 중견기업에서 판매 대금과 관련된 사고가 있었다. 임원이 해당 팀의 리더인 팀장에게 전화했다. "○팀장, 어떻게 된 거야." 만약 당신이 임원으로부터 전화를 받은 팀장이라면 어떻게 대답할 것인가?

① "죄송합니다. 제가 재수가 없는 놈인가 봅니다. 중요한 때에 이런 일이 생기다니 왜 이렇게 안 풀리는 건지 모르겠습니다."
② "염려하지 마세요. 제가 멋진 관리자가 되려나 봅니다. 리더의 자리에 가게 되면 앞으로 더 어려운 일도 겪을 텐데 이런 일을 미리 맛보았으니 관리자로서 훈련받았다고 생각하겠습니다. 잘 처리하겠습니다."

아마 대부분이 ②를 고르셨을 겁니다. 이 문제에서 ①을 고를 사람은 거의 없다고 생각하지만 저 정도까지는 아니어도 회사에서 부

정적인 말투를 쓰는 사람이 적지만은 않습니다. 앞의 사례는 실제 중견기업 대표이사를 지낸 분의 책에서 읽은 내용인데 그분은 위의 예를 들면서 이렇게 말했습니다. "당신이 두 팀장을 총괄하는 임원이라고 가정해보자. '멋진 관리자가 되려고 훈련받은 사람'과 '재수 없는 놈', 둘 중에 누구를 미래의 리더로 삼을 것인가?"

고백 하나 하겠습니다. 직장에서 '재수 없는 놈'을 자처하는 말을 자주 하던 사람이 바로 저였습니다. 문제가 생기면 '재수 탓'으로 돌렸습니다. 영업사원으로 근무하면서 목표를 달성하지 못하면 온갖 변명을 붙이기 바빴습니다. '사람들은 춤추고 싶지 않으면 땅이 젖었다고 말한다'라고 하던데 저 역시 다른 것을 탓하는 데 익숙했습니다. "시장 환경이 나빠지고 경쟁사의 저가 공세가 강하여 매출 목표를 달성하지 못했습니다", "원래 영업은 '복불복' 아닌가요. 올해는 제가 재수가 없어서 실적이 엉망인 겁니다".

'면피 욕구'에서 벗어나지 못한, 옹졸한 표현을 하는 데 주저함도, 부끄러움도 없었습니다. 활을 쏘는 궁수는 활이 과녁 한복판에 맞지 않으면 자신을 탓한다고 하는데 저는 과녁을 탓했던 겁니다. 물론 그러한 말투 습관을 알게 된 뒤로는 회사에서 최대한 긍정적인 언어로 말하려고 노력하고 있습니다.

자영업을 하든, 회사를 다니든 간에 세상은 우리의 변명을 너무나도 잘 알고 있습니다. 그러므로 변명에 몰두하는 말하기보다는 문제가 있으면 그것을 받아들이되, 문제를 미래에 어떻게 개선할 것인지에 대해 긍정적으로 표현하는 게 정답입니다. 이제 아마추어처럼 느껴지는 변명은 접어두고 이렇게 말해보세요.

"○○을 해서 꼭 성과를 내보겠습니다."
"그 전략은 시장에서 반드시 통합니다. 누적된 데이터가 증명합니다."

혹 이런 말이 정 어렵다면 "제가 해보겠습니다"라든지 "일단 해보는 게 어떨까요?"라고 긍정적인 방향으로 말하는 것도 괜찮습니다. 반대로 삼가야 할 말들의 목록까지 기억해두면 더 좋습니다.

"에이~ 안돼요."
"그게 될까요?"
"해보지 않아서 모르겠습니다."
"실패하면 큰 리스크가 따를 텐데요."
"제가 하기에는 어려울 것 같아요."
"글쎄요, 잘될지는 해봐야 알죠."

참고로 이런 부정적인 말들은 예상외로 책임감 있는 분들의 입에서 더 자주 나오기도 합니다. 일종의 신중함이자 겸손으로 작용한 것이지요. 하지만 이런 신중함도 말하기 습관으로 굳어지면 위험합니다. 굳이 자신의 가치를 부정적 언어로 깎아내릴 이유는 전혀 없습니다.

23

우리에게는
참지 않을 권리가 있다

누가 말해주기 전까지 자신의 잘못을 모르는 사람들이 있습니다. 그럴 땐 분명히 말해줘야 합니다. 말로 해야 알아듣는 사람에게 말해주는 것, 귀찮고 불편하겠으나 그래도 이렇게 하는 것도 필요합니다. 간혹 친절하게 알려줘도 모르는 사람들도 분명히 있긴 합니다. 용기 내어 말했더니 오히려 그걸 핑계로 불이익을 주는 사람들도 존재합니다. 그렇다고 해도 말할 건 말해야 합니다.

한 직장 초년생이 입사 전에 대학교 강의 시간에 겪었다는 이야기를 들었습니다.

대학교 때 고객서비스 관련 수업을 들은 적이 있다. 강사는 당시 한 기업체에서 근무한다고 했다. 그가 갑자기 학생들을 쳐다보더니 이렇게 말했다. "여러분

들의 얼굴이 서비스인 거 아시죠?" 불쾌했으나 그래도 좋게 생각하려고 했다. 강사 역시 서비스 직종에 종사하고 있으니 미소나 표정 등을 말하는 것이겠거니 하고 넘어가려고 했는데 무례한 말은 끝도 없이 흘러갔다.

"특히 여자들은 얼굴을 잘 가꿔야 해요. 필요하면 돈을 들여서라도 고쳐야죠. 제가 현재 인사 부서에 근무하는 거 아시죠? 제 말, 믿어야 해요. 아니면 고생해요.." 궤변이 이어졌다. 어처구니없는 강사의 말에 쓴웃음을 짓고 말았지만 한 사람의 능력이나 개성을 송두리째 무시하는 그의 말은 두고두고 마음에 남았다.

강사는 남자였다고 합니다. 강사의 무례함을 고스란히 받아야 했던 이분은 "얼굴도 서비스다"라는 무식한 말을 뛰어넘는 사람이 되겠다고 다짐하는 걸로 넘어갔다고 하더군요. 저였다면 "그럼 교수님의 서비스는 어떻다고 생각하시나요?" 하고 질문하면서 '썩소'를 날렸을 것 같습니다. 말을 하는 것으로 추측해보건대 그 강사의 '서비스'도 별 볼 일이 없을 거라 확신합니다.

이 사건은 수년 전의 일입니다. 요즘 세상에 이런 얘기를 한다면 아마 학생들이 수업이 끝나자마자 교학과로 달려가서 강사를 교체해달라고 요구할 것입니다. 몇몇은 스마트폰의 녹음 기능을 켜면서 "강사님, 좋은 말씀을 해주셨는데…… 다시 한번 해주실래요?"라며 녹음본을 유튜브에 올리려고 할지도 모르죠.

인간에 대한 예의는 언제 어디서나 기본입니다. 자신만의 편협한 생각을 근거로 '전혀 그들처럼 살고 싶지 않은 우리'에게 어떤 사람이 되어야 하고, 특정한 기준을 갖춰야 한다는 말을 쏟아내는 무지함과 "그렇지 않으면 너희들은 남보다 못한 삶을 살 거야"라는 근거도 없는 무례함이나 협박은 무자비 그 자체입니다. 말 그대로 빵점 짜리 국어력을 지닌 사람들이죠.

타인 혹은 타자他者는 나와 다른 삶의 규칙으로 살아왔고, 또 살아가는 사람들입니다. 자기의 이야기를 할 때는 타인의 경험과 규칙을 절대적으로 인정한 상태여야 합니다. 이를 무시하고 개인적 경험을 대단한 것인 양 말하는 것, 그건 본인 인생의 깊이가 얄팍하다는 걸 굳이 지저분한 티를 내면서 알려주는 것과 마찬가지입니다. 이런 이들은 조롱 혹은 고발의 대상이 되지나 않으면 다행입니다.

언젠가 이런 뉴스를 본 적이 있습니다. 한 병원의 간호사들은 가슴에 '태움 금지', '반말 금지' 등의 글귀가 적힌 배지를 달고 업무를 한답니다. 병원의 노동조합이 간호사들에게 배포한 배지라고 하는데 '태움'이라는 단어가 생소했습니다. 알고 보니 태움이란 '영혼이 재가 되도록 태운다'라는 말에서 나온 은어隱語로 선배가 후배를 교육하는 과정에서 일어나는 괴롭힘을 말하는 것이랍니다. 간호사 하면 '백의의 천사'라는 생각을 (어쩌면 선입견!) 지녔던 저로서는 상상이 되질 않았습니다. 태움 역시 대부분 말에서 시작되고 말로 끝난다고 합니다. 잔인하고 거친 말로 말이죠.

제가 개인적으로 싫어하는 말이 있는데, "해봤어?"가 그것입니다. 이 문장을 쓰는 사람들 대부분이 "해봤어?"라는 말 속에 '내가 한 대로 그대로 따라서 해야 한다. 알았지?'라는 의미를 마음에 품고 있다고 생각합니다. 좋은 말 같은데 나쁜 뜻으로 사용하는 것이나 마찬가지죠. 그런데 "해봤어?"보다 더 나쁜 말이 있습니다. 그건 바로 "나도 그랬어!"입니다.

앞에서 말한 태움은 꽤 오래된 관습, 아니 악습이라고 합니다. 이 악습이 계속해서 이어지는 이유는 태움을 당한 당사자 자신이 '이후로는 이런 일이 없도록 하겠다'라고 마음먹기는커녕 '나도 그랬으니까 너도 당연히 그래야 한다'라고 생각해서랍니다. 적폐는 정치권에만 존재하는 게 아니었습니다. 안타까운 일입니다.

이런 가혹한 상황에 처했다면, 물론 생각하기도 싫지만 만만치 않은 세상이니 대비라도 미리 해두는 게 좋겠습니다. 제가 만약 태움이란 굴레에 갇히게 되었다면 적극적으로 항변할 것 같습니다. 사례에서 본 배지를 다는 행동도 얼마든지 훌륭한 저항의 수단이 될 수 있죠. 아무런 생각 없이 무례함을 당연한 것으로 생각하던 사람들에게 적절히 경고를 줄 수 있는 괜찮은 도구로 써먹을 수 있겠습니다. 수업 시간에 "얼굴도 서비스다"라고 말하는 강사에게는 "그런 말은 실례예요" 하고 반문하는 것 역시 세상 그 무엇보다 소중한 나 자신을 지키는 바람직한 말하기입니다.

이렇게 상대의 잘못을 지적해주는 행위는 실수인지 잘 모르고 했다고 항변하는 강사나, 관행이었기에 그냥 했다는 간호사 선배에게도 오히려 더 잘된 일입니다. 그들이 더 큰 화를 입기 전에 미리 예방주사를 맞을 수 있도록 도와주는 쿨한 행동이니 오히려 그들이 고마워할 일이기 때문입니다. 이렇듯 어른의 말하기는 상대방의 잘못된 말에 대해 고치라고 조언할 줄 아는 용기까지도 포함합니다. 나 자신과 상대방을 위해서 그리고 조금은 더 나아질 세상을 위해서도 말이죠. 그러니까 이제는 꾹 참지 말고 꼭 말해주세요.

24

사과를 할 때는
시간과 공간을 고려하자

성인이라면 제대로, 정확히 사과할 줄 알아야 합니다. 사과 하나만 제대로 해도 관계를 해치지 않는다는 걸 알아차린 사람의 현명함을 염두에 두길 바랍니다. 사과에 있어 꼭 기억할 키워드는 '진정성'입니다. 진정성이 없다면 사과는 영혼 없는 변명일 뿐입니다.

사과는 '시간'과 '공간'도 중요합니다. 예를 들어보겠습니다. 중학생 자녀를 둔 한 아버지의 이야기입니다.

중학교 1학년인 첫째의 행동을 오해하여 한참 혼을 내다가 그게 오로지 나의 착각 때문이라는 걸 뒤늦게 알아차린 적이 있다. 어떻게 수습해야 할지 몰라 당황하며, 몇 시간을 고민하고 괴로워하다가 용기를 냈다. "아빠가 잘못 알았네. 미안하다." 고작 이 말밖에 하지 못한 내가 너무나 미웠다.

그래도 더 늦지 않은 때에 사과했고, 다행히 아이가 받아주는 눈치여서 안도의 한숨을 내쉬었다. 물론 첫째의 무의식 어딘가에 남아 있을 분노 혹은 아쉬움이 있을 거라고 생각되어 여전히 미안하게 생각한다. 그럼에도 적당한 시기를 찾아 사과를 해서 그나마 다행이다. 사과는 하지 않는 것보다 하는 게 훨씬 낫다.

훌륭한 부모님입니다. 어린 자녀에게 자신의 잘못을 인정하고 또 미안해하는 아빠, 세상의 모든 자녀들이 원하는 부모의 모습일 겁니다. 변명 아니면 그냥 시간이 지나가기만을 기다리는 대신에 용기를 내어 자신의 잘못을 이야기할 줄 아는 아빠라서 멋있습니다. 돈을 많이 버는 아빠보다 사과할 줄 아는 아빠가 자녀에게 더 유익합니다. 한 젊은 청년이 겪었다는 사례를 하나 더 확인해봅시다.

며칠 전 전화가 왔다. 가을에 제주도로 함께 여행을 다녀온 친구 중의 하나였다. 그는 다짜고짜 화부터 냈다. "대체 무슨 생각으로 나한테 그런 행동을 한 거야? 그렇게 보지 않았는데…… 실망이야. 아니다, 이제 그만두자!" 전화기 너머로 들리는 목소리에 멍하니 있을 수밖에 없었다. 다시 되묻기도 전에 전화가 끊겼다.

전화를 되걸어 봐도 받지 않고 문자 메시지와 카톡에도 묵묵부답이다. 다른 경로로 이유를 알아보니 나와 그 친구 그리고 그 친구의 친구까지 셋이서 제주도로 친목을 다질 겸 배낚시를 다녀왔는데 돈 결산에 대해 이 친구가 의문을 제기했던 거다. 2박 3일 동안 사용한 숙소 비용이 45만 원이었는데 그는 15만 원으로 생각했고, 비어버린(?) 돈을 내가 '꿀꺽'한 것으로 착각하고 전화를 한 거였다.

자기가 계산을 엉뚱하게 해놓고선 나에게 이런 말을 퍼붓다니 화가 났다. 나중에 사실이 밝혀졌고 친구는 미안하다며 술자리를 제안했다. 그는 술자리에서 말했다. "미안해. 그때 화났지? 어쨌든 미안해." 여기까지 사과를 받았으면 좋았을 텐데 친구의 사과는 점점 변명과 나에 대한 충고로 변해갔다.

"사회생활 하다 보면 내 잘못이 아닌데도 깨지고 그럴 때가 있지 않아? 그러면서 '세상 살아가는 게 이런 거구나'라고 배우기도 했고. 이번에도 그런 경우라고 생각하고 기분 풀어라. 세상이 어디 만만하냐?"

떨떠름했다. 이유는 두 가지였다. 하나는 나의 좁은 속이 문제였다. 사과를 편하게 받아들이는 그런 마음이 나에겐 부족했다. 하지만 친구의 사과에도 문제가 있었음을 언급하고 싶다. '우리 사이의 거리를 진정으로 다시 가까워지게 하고 싶다'는 의지보다는 '문제 상황을 빨리 해소하고 싶다'는 회피가 더 선명하게 느껴졌기 때문이다.

사과라는 형식을 이용해서 자신의 마음이 빨리 편해지기만 원했지, 정작 용서를 해야 할 나의 마음을 헤아리진 못했다. 그렇다면 그건 제대로 된 사과가 아니지 않을까. '어쨌든 미안해'라는 말은 나에게 아무런 의미가 없는 사과다. 이 친구와 앞으로 어떻게 지내야 할지 고민이 된다. 서운함은 쉽게 사라질 것 같지 않다.

개인적으로는 이 청년이 친구를 용서하고 다시 좋은 관계를 이어나가면 어떨까 하는 생각을 해봤습니다. 사실 살다 보면 잘못한 사람으로부터 "네가 화났다면 사과할게"라는 어이없는 말을 듣는 경우가 워낙 흔하니까요. 물론 기분 나쁜 화법입니다. '내 생각엔 그렇게 기분 나쁠 일이 아닌데 속이 좁은 넌 화가 났구나. 그렇다면 사과할게'라는 의미일 뿐, 어디에도 '자신의 잘못' 따위는 없으니까요.

사과를 하려면 일단 자기 잘못이 뭔지 명확히 알아야 하며, 그걸 구체적으로 상대에게 얘기한 후 정중히 용서를 구하는 게 옳습니다. 오직 상대방의 관점에서 말입니다. 사과에 대한 수용 여부는 상대방인 피해자의 몫이라는 점을 꼭 기억해두어야 합니다.

"심려를 끼쳐 진심으로 죄송하다"라고 백번 반복해도 피해자가 받아들이지 않는다면 의미가 없습니다. 이창동 감독의 영화 「밀양」에 나오는 유명한 대사인 "(피해자의 수용과 관계없이) 나는 하나님의 용서를 받았다"라는 말과 다를 게 없는 것이지요. 사과가 사과로써의 가치를 발휘하려면 어휘 하나, 표정 하나 모두 진심이 담긴 뉘앙스로 전달되어야 합니다.

또 시간적인 적합성도 고민할 줄 알아야 합니다. 예를 들어 제가 누군가에게 무엇인가 잘못을 했다고 가정해볼까요. 이때 상대방에게 바로 다가가 "야, 조금 전에 내가 실수했다"라고 사과한다고 해도 누구도 사과로 받아들이지 않을 겁니다. 아주 약간이라도 시간을 둔 후에 "아까 일, 내가 실수했어. 미안하다. 마음이 불편했지?"라고 한다면 상대방이 사과를 받아들이기가 좀 더 수월합니다.

연애의 장면에서도 마찬가지입니다. 데이트 중에 상대방이 나 때문에 화났다고 상상해보세요. 서먹한 분위기가 싫어서 바로 사과를 합니다. "내가 다 잘못했어!" 이 말을 들은 상대방의 화가 풀릴까요? 아닐 것 같습니다. 오히려 이런 말을 듣게 될지도 모릅니다. "잘못했다고? 뭘 잘못했는지 알긴 아는 거야?" 이로 인해 또 갈등이 생기고, 그러다 더 서먹해지고, 결국 헤어지고…… 제대로 사과를 하고 싶다면 상대가 무엇 때문에 화가 났는지를 알아내야 합니다. 파악했다면 그 잘못을 있는 그대로 인정하고 받아들이되, 최소한의 시간을 둔 뒤 사과하는 게 좋습니다. 사과를 상대방이 마음속에 받아들일 시간도 필요합니다.

미국에서 주민들에게 공유했다는 핵 공격 대비 프로그램의 내용 중에 '실내에 머물 것Stay inside'이라는 문장이 있었습니다. 섣불리

밖으로 나가지 말고 적어도 2주 이상 피난처에 머물러야 한다는 것이었죠. 사과의 방식도 마찬가지입니다. 관계가 흔들릴수록, 관계를 더 돈독하게 하고 싶을 때일수록 '일정 시간 동안의 적절한 거리 두기'도 고려해야 하는 법입니다.

25

세상에
현명한 사랑 싸움 같은 건 없다

점심시간에 식사를 하기 위해 사무실 인근의 식당을 찾는 경우가 종종 있습니다. 그런데 언제부터인가 음식점 문을 열고 들어가는 순간 들려오는 말소리가 개운치 않습니다. "몇 명이에요?"

그렇게 물을 수밖에 없는 이유는 잘 알고 있습니다. 많은 손님으로 북적거리는 점심시간에 자리 배치를 효율적으로 하기 위해서 인원의 수는 중요하니 말입니다. 하지만 대뜸 듣게 되는 '몇 명이냐?'라는 질문이 그리 유쾌한 것만은 아닙니다. 어쨌거나 돈을 내고 먹는데 최소한 기본적인 인사라도 받고 싶은 건 사람이라면 당연한 마음이 아닐까요.

언젠가는 퇴근길에 맥주 한잔을 마시고 싶어 세계 맥주 전문점이라는 곳을 들르게 되었습니다. 그런데 자리에 앉기도 전에 들은 말은 "뭐 마실 거예요?"라는 젊은 주인장의 질문이었습니다. 글쎄요, 제가 시대의 흐름을 못 따라가고 있는 것이라고 한다면 할 말은 없습니다. 그래도 손님들이 가장 먼저 듣고 싶은 말은 여전히 "어서 오세요"라는 인사가 아닐까요.

누군가를 향한 첫마디는 신중하게 고려해서 해야 합니다. 나와 상대방의 관계를 먼저 고민한 뒤에 하는 것이 옳습니다. 물론 사람이 꽉 찼다고 대뜸 "나가서 기다리세요"라는 식당보다는 그래도 "몇 명이에요?"를 물어보는 게 훨씬 낫다는 생각이 들긴 하지만 그래도 조금 더 욕심을 내고 싶습니다.

식당뿐일까요. 사랑하는 연인 관계도 마찬가지입니다. 이를테면 연인 중 한 명에게 갑자기 일이 생겨 약속이 급작스레 취소되었다고 가정해봅시다. 이런 일을 겪게 됐을 때, 여러분은 어떻게 얘기를 하는 편인가요? 다음은 그런 상황 속의 대화 예시입니다.

남자 : 왜? 무슨 일이 생겼어?
여자 : 응, 갑자기 일이 생겼네. 어쩔 수 없는 일이라.
남자 : 너 만나려고 중요한 약속도 취소했는데.
여자 : 말했잖아, 나도 어쩔 수 없는 일이라고.
남자 : 뭐야, 왜 네가 화를 내는 건데?
여자 : 내가 언제?

얼마든지 일어날 수 있는 일이지만 저렇게 대화를 하면 남는 건 상한 감정뿐입니다. 이런 대화들이 쌓이고 쌓이면 결국 '영원한 안녕'만 남을 겁니다. 같은 상황이라도 상대의 마음을 보듬을 줄 아는 말하기에 익숙한 커플이라면 대화 장면은 다를 겁니다. 이렇게 말이죠.

남자 : 어? 오늘 우리 못 보는 거야?
여자 : 응, 미안해. 보고 싶었는데.
남자 : 어쩔 수 없는 일이었나 보다. ……그래도 난 우리 약속을 위해서 다른 일도 취소했는데.
여자 : 정말? 미안해, 나도 진짜 보고 싶었는데…….
남자 : 이해해, 보고 싶지만 어쩔 수 없을 때도 있지.
여자 : 이해해줘서 고마워. 다음엔 이런 일이 생기지 않도록 주의할게.

거듭 강조했듯이 말은 첫마디가 중요합니다. 난감한 상황에 처했을 때, 처음으로 건네는 말을 '예쁘게' 하는 것만으로도 웬만한 문제는 문제가 아니게 됩니다. 저는 '미안해' 외에도 평소의 말하기 습관에 꼭 편입했으면 하는 게 있습니다. 단계별로 정리해보면 다음과 같습니다.

[1단계] 미안해.

[2단계] 사랑해.

[3단계] 고마워.

앞 글자를 따서 '미사고'입니다. 직장 내 상하 관계든, 부모와 자녀 관계든 모든 관계에 적용해볼 만합니다. 다툼이 일어났을 때나 생각에 차이가 있을 때 "미안해"라고 먼저 사과를 하고, 그다음에는 사과 속에 상대를 아끼고 존중한다는 사랑의 마음이 있음을 분명히 보여준 뒤, 끝으로 상대방의 이해에 "고마워"라고 하는 이에게 험한 말로 대꾸할 사람은 세상에 단 한 명도 없을 테니까요.

우리는 흔히 '사랑 싸움'을 '사랑하는 사람 사이에서 흔히 일어나는 다툼' 정도로 생각합니다. 아닙니다. '사랑 싸움'이란 '싸움이 일어나야 마땅함에도 사랑으로 인해서 싸움으로 발전하지 않는 것'을 뜻한다고 해석해야 합니다. 제대로 사랑 싸움을 벌일 줄 아는 사람들은 다툼으로 나아가는 바로 그 순간에 미사고 말투를 사용함으로써 평화를 유지할 줄 압니다. "내가 잘못한 일이야, 정말 미안해", "그래도 이해해줘서 정말 고마워, 사랑해" 혹은 "네가 최고야" 하고 말이죠.

벤저민 프랭클린은 '무식보다 부끄러운 것이란 배울 마음조차 없는 것이다'라고 말했습니다. 마찬가지입니다. 별것 아닌 거 같지만 다툼이 일어나는 그 사이사이에도 우리는 여전히 서로 아끼고 존중하는 사이임을 절대 잊지 않겠다는 미사고의 말투를 배워서 사용해야 합니다. 이것만 잘해도 최소한 누군가로부터 원망을 들을 일은 없을 겁니다. 아니, 그 이상으로 아주 따뜻하고 다정한 사람으로 기억되리라 확신합니다.

26

당신의 선의가
누군가에게는 최선이 아닐 수도 있음을

'모멸감'이라는 단어, 그 느낌만으로도 불쾌해집니다. 말과 소리에도 느낌이 있나 봅니다. 모멸감이라는 말만 보고도 기분이 이리언짢으니 말입니다.

동명同名의 책 제목을 서점에서 본 적이 있는데, 그 책을 사지도 않았습니다. 제목만으로도 불편한데 굳이 그 책을 사서 읽으면서 내가 겪은 모멸감의 기억을 끄집어내고 싶지는 않았기 때문입니다. 누군가를 비하하고, 차별하며, 조롱하고, 무시하는 '인간'이 이미 세상에 충분히 많은데 책을 읽으면서까지 더 찾아볼 필요는 없겠다는게 솔직한 심정이었습니다.

그랬던 어느 날이었습니다. 한 모임에서 우연히 모멸감을 주제로 이야기를 나누게 되었습니다. 다들 자신이 겪었던 모멸적인 상황들을 차분하게 말했습니다. 모멸감을 느낀 누군가의 경험 속에서 함께 슬퍼했고, 또 그 모멸감을 복수가 아닌 사랑으로 되받아줬다는 이야기 속에서 감동하기도 했고요. 혹은 모멸적인 상황을 이겨내고 삶을 도전적으로 살아가게 되었다는 분의 말에선 성공한 사람의 위엄이 느껴질 정도였습니다.

그중 한 분의 이야기가 유독 기억에 남습니다. 어렸을 적 겪었던 모멸감의 기억이 아직도 일상의 곳곳에서 되살아나는 게 여전히 힘들다는 말이었습니다. 참고로 그분은 어릴 적부터 다리가 불편한 편이었습니다. 어린 시절부터 한쪽 다리를 사용하기 어려웠고, 성인이 된 이후에도 목발이 필요한 분이었습니다. 그분이 겪었다는 모멸감을 느끼게 된 상황은 이러했습니다.

"초등학교 3학년 때였어요. 더운 날이었죠. 지하철 계단을 올라가고 있었습니다. 물론 목발을 이용하면서요. 그런데 누군가가 제가 한쪽 손에 들고 있던 신발 가방을 툭 하고 잡아채더라고요. 깜짝 놀랐어요. 신발 가방을 가져간 사람은 한 아주머니셨어요. 지하철 계단을 올라가다 말고 뒤로 돌아 제 얼굴을 보더니 '쯧쯧' 하며 혀를 찼습니다. 그러더니 '아휴, 불쌍해라. 아줌마가 도와줄게!'라고 하는 게 아니겠어요."

그분은 계단을 오르다 말고 멍하니 서서 아주머니를 바라봤답니다. 눈물이 흐르고 화가 났다고 했습니다. 그 계단을 어떻게 올랐는지 기억도 나지 않는답니다. 다만 수십 년이 지난 지금도 그때의 모멸감을 생생하게 느낀다고 했습니다. 이어진 그분의 말입니다.

"성인이 된 지금도 여전히 그런 시선은 불편해요. 나이도 먹을 만큼 먹었고, 그런 일 역시 겪을 만큼 겪었지만 말이에요. 누군가의 갑작스런 침범이나 원하지 않는 동정의 말과 눈은 견디기가 힘듭니다. 하지만 어릴 때와 달라진 게 있다면 이제는 그런 일방적인 동정은 거부한다는 겁니다."

나이가 쉰이 넘어도 지하철에 앉아 있을 때 맞은편에 있는 누군가가 자신의 목발과 다리를 빤히 쳐다보는 것이 불편하다고 했습니다. 그런 값싼 동정을 받을 이유가 없다고 하면서요. 원치 않는 동정을 받게 되면 대놓고 이렇게 말씀하신다고 하더군요. "뭘 그렇게 빤히 보세요? 뭐가 이상한가요?"

이분의 태도가 어떻게 느껴지시나요. '안되어 보여서 바라봤을 뿐인데 그렇게까지 말해야 하는가'라고 생각할 수도 있겠습니다. 하지만 달리 생각해봅시다. 불편할 게 하나도 없는 우리도 자신을 빤히 쳐다보는 누군가의 시선을 느끼게 되면 기분이 별로이지 않나요? 특히 남자들이 싸울 때 가장 많은 시빗거리 중 하나가 '왜 꼬나보냐?'가 아닌가요.

하지만 이분의 말을 들으며 한편으로 가슴이 뜨끔했습니다. 저역시 만약 같은 상황이라면, 즉 제 앞에 어린아이가 목발에 의지하여 지하철 계단을 힘겹게 올라가는 걸 봤다면 아무 말도 없이 가방을 휙 낚아채고는 의기양양하게 "이 아저씨가 도와줄게"라고 말했을 것 같기 때문입니다. 그래놓고는 도움을 줬다고 생각했을 테고요. 상대방은 모멸감에 휩싸인 바로 그 순간에 말입니다.

그래도 아직 의문이 남긴 했습니다. 그렇다면 그냥 지나쳐야 할까, 그분에게 물어봤습니다. "만약 어린아이가 그렇게 힘들게 가고 있다면 도와줘야 하지 않을까요? 모른 체하고 그냥 지나가라는 말인가요? 어떻게 행동해야 할까요?" 그분의 대답은 이러했습니다.

"우리와 같이 일상에서 시선의 괴롭힘을 당하고 있는 사람들에겐 조심스럽게 '혹시 도와드릴 게 없을까요?'라고 물어보며 다가오는 것이 예의를 지키는 말과 행동인 것 같아요. 도움을 주는 사람이 아니라 도움을 받을 사람의 자기 결정권을 절대적으로 인정해주는 말과 행동을 해주는 것이 옳다고 생각합니다."

어른의 말하기에는 세상의 모든 약자, 그게 몸이 아프든, 마음이 아프든 간에 어떤 조건도 관계없이 그들에게 '자기 결정권'이 있음을 인식한 말투도 포함되어야 하겠습니다. 상대방의 생각과 내 생각이 같을 거라고 착각하는 대신 조심스럽게 배려하려는 노력을 우선해야 한다는 뜻입니다. 대화는 서로에게 힘을 주는 것이어야 합니다. 상대방에게 용기를 불어넣는 말이 그것입니다. 나의 말로 인해 상대방이 할 수 있는 일을 더 잘할 수 있도록 격려하고 도와주어야 합니다.

언젠가 이런 광경을 보게 되었습니다. 평일 오후, 용산역에서 탑승한 지하철 1호선 구로행 하행선에서 있던 일입니다. 용산에서 구로까지는 얼마 안 되는 거리였습니다. 한가로운 시간대였기에 지하철 좌석도 여유로웠습니다. 아마 제가 탑승한 용산역 바로 다음 역인 노량진역이었을 겁니다. 중학생쯤 되어 보이는 남자아이를 데리고 한 엄마가 지하철에 올랐습니다. 제 맞은편에 그들이 자리에 앉더군요. 그리고 들려온 대화입니다. 실제 모습을 상상하며 대화 지문을 읽어보세요.

엄마 : (무엇인가를 아이에게 신경질적으로 보여주며) 이게 뭐니?

아들 : (고개를 숙인 모습) …….

엄마 : 말해 봐. 이게 도대체 뭐냐고! 왜 이렇게 된 거냐고?

아들 : …….

엄마 : 대답 안 해? (한숨을 쉬며) 그래, 엄마가 뭐라고 하는 게 아니잖아. 대화하자는 거잖아.

아들 : (고개를 들며) 이게 무슨 대화예요?

"이게 무슨 대화예요?"라는 말이 참 서늘하게 느껴집니다. 저는 대화란 무엇인지에 대해서 저 스스로 생각해보았습니다. 우리의 대화는 도대체 어떤 모습으로 사람과 사람 사이에 모습을 드러내고 있는 걸까요.

언제부터인가 대화의 결과물은 '이겨야 하는 그 무엇'이 되었습니다. 이겨야 하는 대상이 직장 동료나 학교 친구 등 성과나 성적에 따른 경쟁자 정도에 그치지 않고 더욱 광범위해졌습니다. 심지어 사랑과 애정이 가득해야 할 가족 안에서조차 그렇게 되어버렸습니다. 아내는 남편을 이겨야 하고, 남편은 아이들을 이겨야 하며, 아이는 엄마를 이겨야 하는 것이죠.

종종 말은 상대방을 짓밟고 이기기 위해 사용되곤 합니다. 그래서 대화가 평화롭지 못합니다. 아니, 온갖 날이 서 있는 칼날처럼 위태롭습니다. 언제부터인가 우리가 잘하는 일 중 하나는 누군가에게 말로 상처를 주는 것이 되어버렸습니다. 특히 상대방이 나보다 약자라면 (그게 나이건, 지위건 상관없이) 말로 더욱 사정없이 상처를 주고 맙니다. 이렇게 상처를 입혀놓고서도 자신이 만든 생채기를 치유해주기는커녕 집요하게 파고들어 괴롭히며 곪게 하고, 종국에는 그 아픔을 부여잡고 항복하게 만들죠.

일방적으로 당할 수밖에 없는 사람들은 대화에서 소극적인 자세를 보이며 멀어지려 합니다. 이어폰을 귀에 깊숙이 꼽고 음악을 틀어 부모의 말들로부터 자신을 방어하려는 청소년들의 모습이 그 사례일지도 모르겠습니다. 바깥세상과 격리된 자신만의 방을 만든다는 '사운드월Sound wall'이란 개념이 있던데 어쩌면 이런 의미에서는 정당화될 수 있는지도 모르겠습니다.

그래도 희망은 있습니다. 서로에게 벽을 만드는 대화가 아닌 벽을 허물고 상대방의 마음속으로 잔잔하게 흘러 들어가는 대화를 하는 모습들도 간간이 찾아볼 수 있으니 말입니다. 이쯤에서 고백해야겠습니다. 사실 위에서 사례로 든 지하철 맞은편의 엄마와 아들은 저렇게 말하지 않았습니다(제가 상상한 최악의 모습일 뿐입니다). 엄마는 고개를 푹 숙인 아들을 그저 지켜보기만 했습니다. 그 모습이 너무 선해서 저 역시 멍하니 바라보고만 있을 정도였죠. 그렇게 지켜보던 엄마는 아들에게 이렇게 말했습니다.

"힘들었지? 엄마가 열심히 도와줄 테니까 너도 엄마를 위해서 힘내줄 수 있지?"

텅 빈 지하철 객차 맞은편에서 조용히 하지만 따뜻하던 그 어머니의 목소리가 아직도 들리는 듯합니다. 무슨 일인지는 잘 모르겠습니다만 곤란한 상황에 빠진 아들이 의지할 만한 가장 믿음직한 공간 하나를 엄마가 선물한 듯한 느낌이 들었습니다. 아들이 접으려 했던 그 무엇을 다시 일으켜 세워 새로운 꿈을 꾸게 만드는, 그런 말이었습니다.

그야말로 어른의 말입니다. 그 자체로 국어력에 있어 표본과도 같은 언어였습니다. 그들의 따뜻한 모습을 보며, 덜컹거리던 지하철 안에서 불편하게 부유하던 제 마음 역시 편안해졌던 기억이 납니다. 우리의 말들은 지금 어디에, 어떤 모습으로 세상을 향해 있는지 모르겠습니다. 이왕이면 따뜻했으면 좋겠습니다. 사랑하는 사람을 향해서라면 더욱더.

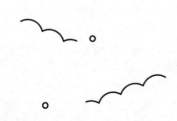

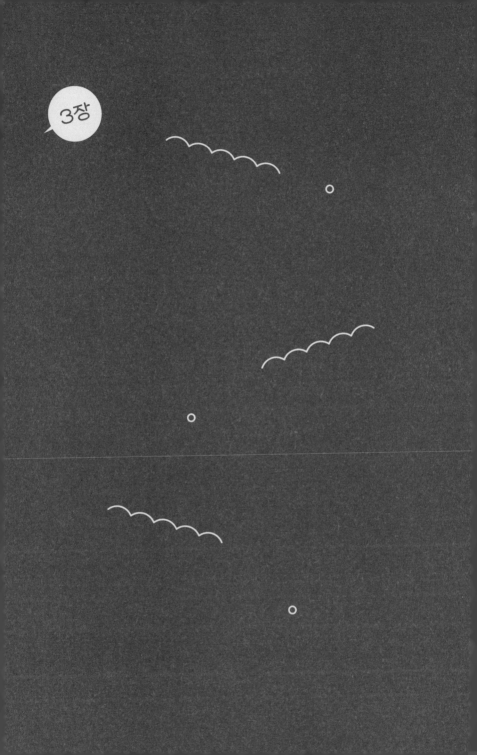

쓰기

당신이 쓴 글이
당신 자신을 보여준다

27

성공한 직장인은
회사 몰래 '이것'을 만든다

　오래전, 작은 회사에서 근무한 적이 있습니다. 정규직을 기준으로 약 50명 내외의 직원을 가진 회사였죠. 저는 나름대로 큰 기업들을 대상으로 회사의 서비스를 제안하고 또 유치해야 하는 업무를 맡았습니다. 하지만 업무를 하며 회사의 이름만으로는 한계가 있음을 느꼈습니다. 나아가 회사라는 이름이 커버해주지 못하는 저의 장점을 만나는 사람들에게 알리고 싶었습니다.

　어느 날 시내에 나갔다가 지하상가 쪽을 걷는데 명함을 만들어준다는 가게를 지나가게 되었습니다. 명함이 30분 만에 완성된다는 가게 입구의 안내문을 보게 된 것이죠. 100장을 찍는 데 드는 비용이 1만 원이라고 했습니다. 바로 가게로 들어가 명함을 만들어달라고 주문했습니다. 앞뒷면을 모두 사용하면 그 두 배의 가격을 내야 하며, 시간 역시 두 시간 이상 기다려야 한다는 말을 들었습니다. 좋다고 했습니다.

시간이 좀 더 지나 완성된 명함이 나왔고, 저는 설렜습니다. 회사이름, 부서, 전화번호만 있는 명함이 아닌 제 취향을 모두 적어 넣은 명함을 단돈 2만 원으로 얻었습니다. 제가 만든 명함에 별별 개인사를 다 적었던 기억이 납니다. 앞면은 회사의 명함과 비슷하게 구성했습니다. 직장명과 부서명, 직책 그리고 기타 이메일과 휴대폰 번호를 적었습니다. 달랐던 건 뒷면이었습니다. 초등학교부터 대학교까지 출신 학교를 모두 적고, 그동안 거쳤던 회사, 일했던 부서까지 기재했습니다. 여기서 그만이 아닙니다. 당시 관심 있었던 것들을 모두 적었습니다. 예를 들어 이런 것들도요. '취미 : 독서 토론, 맛집 투어, 와인 모임 참여, 살사댄스, 사회인 야구'.

웃기죠. 지금 그 명함은 하나도 남아 있지 않으니 그때의 치기 어린 제 모습을 보지 못하는 것이 다행이라는 생각도 듭니다. 하지만 개인 명함을 만든 뒤 딱 하나 잘했다고 생각하는 게 있습니다. 제가 처음으로 '나라는 사람의 브랜드'에 대해 고민한 계기가 되었던 것입니다. 한 교육업체의 대표님을 만나 그 명함을 드렸는데, 그분이 다음 날 저에게 이런 내용의 메일을 보냈던 기억도 납니다.

"김 대리님이 어제 주신 명함을 퇴근 후 집에 가서 아이들에게 보여주며 말했습니다. '이분은 자신의 경력을 하나도 헛되이 보내지 않으며 열심히 업그레이드를 시키는 분이다. 평범한 직장인임에도 불구하고 좀 더 나은 자신을 위해 채찍질하는 모습이 명함에 고스란히 보인다. 너희들도 이런 자세를 배웠으면 좋겠다'라고 말입니다. 앞으로 김 대리님의 건승을 기원합니다."

생각해보면 회사 이름과 부서명 그리고 연락처만 덩그러니 있는 명함은 별다른 이야기 소재를 만들어내지 못합니다. 제가 재직했던 곳과 같이 작은 규모의 회사라면 더더욱 그러할 것입니다. 하지만 저만의 명함은 이야기를 만들어냈습니다. 명함을 건넬 때면 무미건조하게 저를 쳐다보던 고객의 눈빛이 흥미로움으로 가득 차는 것을 보았습니다.

글쓰기를 시작할 때, 도대체 무엇을 써야 하는지 몰라 되묻는 분이 많습니다. 지금 마땅히 쓸 게 없다면 자기 자신에 대해 짧게 써보는 건 어떨까요. A4 용지에 글을 써 내려간 후, 그중에서 추려낸 몇몇의 키워드를 뽑아 나만의 명함을 만들어보는 겁니다. 회사 명함보다야 초라하긴 하겠으나 만들고 난 뒤 바라보면 묵직한 기쁨이 다가올 것입니다. 설령 1년에 한 장 사용할까 말까라고 하더라도, 이름밖에 쓸 게 없다고 하더라도, 명함을 위해 본인의 모든 것을 한번 A4 용지에 써 보기를 바랍니다. 정말 좋아하는 일, 즐거워하는 일, 상대에게 도움을 줄 수 있는 일(잘하는 일) 등을 기재한 명함을 하나 만들어보세요.

'요즘 같은 디지털 세상에서 무슨……'이라고 평가절하하는 분도 있을 겁니다. 아닙니다. 오히려 대부분의 사업이 개인화되면서 명함의 중요성은 더욱 커지고 있습니다. 한 기사에서 본 내용인데, 기자가 한번은 여러 종류의 명함을 갖고 다니는 보험 설계사를 본 적이 있다고 합니다. 그분은 다양한 고객을 만나는 직종에 몸을 담고 있기에 첫인상 못지않게 중요한 것이 바로 명함이라고 강조했습니다. 회사에서 받은 기본 명함부터 시작해 은은한 향기가 나는 종이를 쓴 명함까지, 온갖 다양한 형태의 명함을 보며 자연스럽게 일에 대한 그의 열정을 느낄 수 있었다고 합니다.

성인이 되어 글쓰기 실력을 높이고 싶은데 무엇부터 하면 좋겠냐는 질문을 받게 되면 저는 항상 '자신만의 명함 만들기'로 시작해보라고 권합니다. 자신을 돌아보고 정리한 후 명함에 들어갈 키워드를 뽑고, 글의 배치도 고민해보며, 내용이 심심하게 느껴지면 스트레스 해소에 효과가 있다는 피톤치드 향도 한번 뿌려보고…… 이렇듯 기회가 된다면 자기만의 브랜드를 위한 명함 하나쯤에 얼마 안 되는 시간과 돈을 투자하는 것, 해볼 만한 일이 아닐까 합니다.

리포트를 쓰고, 보고서를 쓰고, 이메일을 작성하는 것 등 모두 중요합니다. 하지만 그 이전에 자기 자신을 정리하는 차원에서라도, 본인이 어느 위치에서 어떻게 살아내고 있는지를 잘 파악하기 위해서라도 누군가가 형식과 내용을 만들어준 명함이 아닌 스스로 만든 명함 하나를 만드는 일의 소중함에 대해 꼭 알려드리고 싶습니다.

굳이 사업체가 없어도, 현재 어떤 특별한 일을 하지 않아도 상관없습니다. 예를 들어 여러분이 실용음악과에 재학 중인, 가수를 꿈꾸는 대학생이라면 이런 명함은 어떨까요.

가수 ○ ○ ○
핸드폰 : 010-0000-0000
이메일 : XXX@abcdefg.com

앞면은 제가 만들어드렸습니다. 이제 여러분이 뒷면을 직접 꾸며
볼 차례입니다.

28

기자들이
반드시 지키는 글의 형식

무엇을 하든지 간에 '기본'이 중요하다고 하지요. 그렇다면 글쓰기에 있어 기본은 무엇일까요. 바로 육하원칙, '5W1HWhen, Where, Who, What, Why, How'입니다. 학창 시절에 익힌 개념이라 기억이 가물가물하다면 아래의 내용을 한번 보시면 됩니다.

① 시기 : 언제When 일어난 일인가?
② 장소 : 어디서Where 일어난 일인가?
③ 주체 : 누가Who 주인공인가?
④ 목표 : 주체가 원하는 것이 무엇What인가?
⑤ 이유 : 왜Why 그 목표를 이루려고 하는가?
⑥ 방법 : 어떻게How 그 목표를 이룰 수 있는가?

5W1H만 잘 정리해둬도 글을 쓸 때 큰 실수는 저지르지 않을 수 있습니다. 예를 들어볼까요. 직장 상사에게 보고를 해야 하는 상황입니다. 이때 5W1H를 활용하여 글을 쓴다면 최소한의 보고서 수준은 넘어설 수 있습니다. 바로 이렇게 말이죠.

① 언제 ⋯ 언제 일어난 일이지? 지금은 어떻게 진행되고 있지? 언제까지 끝내야 하지?

② 어디서 ⋯ 관련된 곳이 어디지? 관련 부서가 어디지?

③ 누가 ⋯ 누가 주도적으로 진행할 거지? 진행하는 사람을 지지해줄 책임자는 누구지?

④ 무엇 ⋯ 이것을 통해서 이루려는 게 무엇이지? 그동안 뭘 못한 것이고, 지금은 무엇을 할 수 있으며, 앞으로 뭘 할 거지?

⑤ 왜 ⋯ 과거에 뭐가 문제였지? 지금은 뭐가 문제지?

⑥ 어떻게 ⋯ 어떻게 하면 되지?

정용진 신세계그룹 부회장에 관한 일화 하나를 소개하겠습니다. 그분은 개인 SNS를 활용하는 인물로 유명한데, 실제로 팔로워 수가 상당합니다. 그가 2019년 초 프랑스를 방문했을 때의 이야기입니다. 그는 자신의 근황을 적극적으로 올렸는데, 특히 한 게시물이 많은 사람의 눈길을 사로잡았습니다. 미슐랭 3스타를 받은 음식점을 방문했을 때의 사진이 그것이었습니다.

정용진 부회장은 인스타그램 계정에 레스토랑의 이름과 외형이 표기된 메모지를 사진으로 찍어 올렸습니다. 그런데 메모지에는 하나의 네모 박스를 중심으로 5W1H가 적혀 있었습니다. 여기에 그는 '가장 기본적인 것을 잊고 있었음. 가르쳐주신 ○○○형님 감사합니다'라는 글을 덧붙였습니다.

한 그룹의 최고경영자인 그가 잊고 있었다는 '기본'은 게시물 속의 사진대로 5W1H일 겁니다. 여기서 잠깐, 우리가 신세계그룹의 구성원이라고 가정해봅시다. 과연 5W1H를 외면한 채 직장 내 커뮤니케이션이 가능할까요. 그룹의 총수가 직접 기본이라고 강조까지 하는데 말입니다. 기업의 총수뿐 아닙니다. 글을 쓰는 것을 업으로 삼은 사람들 역시 5W1H를 기본으로 여깁니다.

최근 들어 기자를 '기레기'라고 부르며 평가절하하는 사람도 많지만 그것은 그만큼 기자라는 역할에 대한 일반 사람들의 기대치가 높기 때문이기도 할 것입니다. 그들이 언어를 다루는 능력은 그 어떤 직업보다도 최상의 위치에 있다는 걸 우리는 잘 압니다. 쓰기에 관한 한 최고 수준에 있는 그들 역시 5W1H를 가장 소중하게 여기고 있었습니다. 다음 기사의 내용을 읽어보면 잘 알 수 있습니다.

"육하원칙 지키기(5W1H)는 어떤 상황을 남에게 보고하는 모든 글에 적용할 만합니다. 회사에 입사한 사원이 상사에게 무엇을 보고할 때도 육하원칙에 맞춘다면 칭찬받을 수 있을 것입니다. 학생들이 쓴 글을 읽다 보면 육하원칙에 관해 가르쳐줘야겠다는 생각이 절로 들 때가 많습니다. 자기소개서에 발명대회 입상 사실을 쓰면서도 '저는 중학교 2학년 때에 전국학생발명대회에 나가서 2등상을 차지하기도 했습니다'라는 식으로 대충 쓴 학생이 있었습니다. 만일 육하원칙를 생각하면서 '저는 중학교 2학년 때인 2006년 9월 15일 한국발명협회 주최의 제17회 전국학생발명대회에 참가해 '물 아끼는 수도꼭지'로 2등에 입상했습니다'라고 쓰면 어땠을까요. 훨씬 좋은 평가를 받을 수 있었을 것입니다."

(「김명환 기자의 글쓰기 교실」,《조선일보》, 2013.12.24.)

어떻게 생각하면 뻔할 것 같은 5W1H에 대한 기자들의 사랑은 여기에서 그치지 않습니다. 많은 기자가 자신의 메일 계정까지 아예 5W1H를 포함시켜 사용합니다. 예를 들면 'moon5w1h' 혹은 '5w1hkim'과 같이 아이디를 만드는 것이죠. 기자들조차 이 법칙을 이토록 소중하게 여긴다는 건 글쓰기의 기본 중의 기본이 5W1H이기 때문일 겁니다.

글쓰기는 타고난 재능의 영역이 아닙니다. 유전적 요인이라고 포기할 만한 것 역시 절대 아니고요. 자기소개서이건, 논문이건, 연설문이건, 보고서건 관계없이 글쓰기는 모두 재능이나 유전보다는 해당 분야에 맞는 형식을 찾아 내용을 메꾸어 넣으면 되는 기계적 작업일 뿐입니다. 결국 성실성의 여부가 글쓰기 실력을 결정합니다.

기자를 영어로는 리포터Reporter라고 합니다. 리포트, 즉 보고를

업業으로 삼는 사람들입니다. 늘 누군가에게 보고를 해야 하는, 보고서를 써야 하는 그들은 우리가 그동안 잊고 지냈던 5W1H에 목을 매고 있었습니다. 일상이 보고인 기자들의 마음을, 5W1H에 대한 그들의 관심을 우리의 쓰기에 잘 활용한다면 글 하나만큼은 괜찮게 쓴다는 평가를 받는 사람이 될 수 있지 않을까요.

29

여백을
만드는 것도 능력이다

해외여행을 가서 호텔에 묵게 될 때, 제가 방에 들어가자마자 하는 일이 하나 있습니다. TV를 켜는 것입니다. 그런데 늘 불편한 점이 있습니다. 리모컨이 두 개, 세 개씩 있는 것이 그것입니다. 하나는 셋톱박스 용도일 것이고, 다른 하나는 모니터 용도인 것은 대충알겠는데, 나머지 하나는 도대체 무엇인지 알 수 없어 당황하게 됩니다. '그냥 전원 버튼 하나 누르면 TV가 켜지고, 그다음엔 숫자를 눌러서 채널을 선택하면 안 되나?'

저는 그저 TV를 보고 싶을 뿐입니다. 채널을 돌린 후 원하는 프로그램을 선택하고, 소리만 조절할 수 있으면 됩니다. 그런데 왜 편안하게 쉬기 위해 묵는 호텔의 리모컨이 오히려 사람을 불편하게 만드는지 모르겠습니다. 리모컨 하나에 20~30개의 선택 단추가 있는 걸

보면 갑갑해집니다. 고작 TV 하나 때문에 호텔 방에서까지 고민하고 싶지 않은데 말입니다.

TV 리모컨의 형태를 두고 불평을 하는 이유는 우리의 관심사인 글쓰기에 이 사례를 적용해보고자 함입니다. 여러분이 직장인이라면 말하기에 있어서는 보고가, 쓰기에 있어서는 보고서가 소통의 수단이라는 것 정도는 잘 알고 있을 겁니다. 끝없는 보고 그리고 보고서, 말만 들어도 답답하시죠? 하지만 피할 수 없는 일이니 이겨내야 할 몫도 우리에게 달려 있습니다.

쓰기에 앞서 말하기를 살펴볼까요. 회사에서 보고를 할 때 보고받는 사람으로부터 "○○ 씨는 역량은 있는데 보고할 때 보면 무슨 말인지 모르겠어요"라는 말을 들어선 안 될 겁니다. 보고의 언어가 잡다하면 곤란합니다. 브레인스토밍 등의 상황이 아닌 이상 보고를 위해 필요한 단어는 오직 하나, '단순함'입니다. 말은 간결할수록 좋습니다.

쓰기 영역 역시 단순함이 생명입니다. 제 사례를 통해서 말씀드려볼까요. 오래전 일이지만 조금 부끄러운 기억이 있습니다. 파워포인트를 이용하여 보고서를 만드는 일 그 자체에 흥미가 있던 때였습니다. 도형도 여기저기에 붙여놓고, 애니메이션 효과도 삽입하고, 거기에 온갖 색들을 동원했습니다. 나름대로 칭찬을 기대하면서 회의에 참석했습니다. 제가 열심히 만든 발표 자료를 띄웠으나 30여 분간의 보고를 통해 듣게 된 말은 충격적이었습니다. "뭐야?

스키틀즈(알록달록한 색깔의 사탕) 아냐?" 보고를 받으셨던 분은 회사의 임원이었습니다. 발표 자료에 색이 너무 과해서 눈이 피로하다고 했습니다. 화려한 색깔로 부족한 내용을 덮으려는 꼼수가 아니냐는 지적까지 들었죠.

부끄러웠습니다. 보고의 핵심 그 자체보다 발표 자료에 색깔이나 도형 등을 더해 '뭔가 했다'라는 것을 보여주려 했던 저의 안일함에 얼굴이 화끈거렸습니다. '진짜를 보고 싶다'는 생각을 가진 상대방에게 건넨 잡스러운 그림과 상황에 맞지도 않는 애니메이션 효과는 오히려 역효과만 일으킨 겁니다. 보고서에는 간결함과 그만큼의 명확함이 녹아 있어야 하는데 그러지 못했습니다.

성인인 우리는 그 누구나 어떤 자리에서도 발표 하나쯤은 깔끔하게 할 줄 알아야 합니다. 오직 '입'으로만 시간과 장소를 장악할 수도 있겠으나 소위 말하는 '장표', 발표를 위한 자료를 갖추고 진행하면 훨씬 더 효율적이고 편하게 할 수 있습니다. 이때 기억해야 할 핵심은 단순함과 명료함입니다. 이를 바탕으로 발표 자료PPT를 만들 때 도움되는 세 가지 팁을 소개하겠습니다.

첫째, 간결할수록 좋습니다. 가장 흔히 하는 실수가 되도록 많은 정보를 공유하고 싶은 욕심에 내용을 과하게 담아 화면에 띄우는 겁니다. 이는 보는 사람에게 지루함을 줍니다. 게다가 그 많은 내용을 그대로 읽는다면 누가 발표자의 이야기에 귀를 기울이려고 하겠습니까. 자료는 이해를 돕는 보조 역할일 뿐, 자료가 발표의 모든 것이

되어서는 안 됩니다.

둘째, 스토리텔링을 통해 청중과 교감해야 합니다. 사람들은 이야기를 좋아합니다. 하지만 일면식이 없는 다수의 청중과 공유할 만한 개인적인 스토리가 없다면 발표하고자 하는 대상에 대한 자기 경험을 공유하면 됩니다. 제품 혹은 서비스 개발 과정에서 생겨난 사연을 담담하게 말하는 것이지요.

셋째, 누구를 향해 발표해야 하는지에 대해 잘 파악하고, 이에 맞춰 내용을 전개해야 합니다. 타깃인 상대방의 최대 관심사가 무엇인지 정리한 다음, 그에 대응하는 것들부터 먼저 소개함으로써 이목을 끌어야 합니다. 가장 자랑할 만한 기능이나 성공적 사례라고 할지라도 상대방의 관심과 무관하다면 당연히 그 부분은 제외하거나 뒷부분에 배치해야 합니다.

이렇게 간결함과 단순함이라는 키워드만 핵심이 되어도 절반은 성공한 것이나 다름없는데, 그렇다면 완성도를 높이기 위한 최종 마무리는 어떻게 하면 좋을까요? 수없이 많은 쓰기에 관한 방법론과 보고서가 있겠지만 우선 다음의 다섯 가지 항목들에 관심을 두어 보십시오.

① 그들의 눈을 편하게 하려면

⋯▸ **여백의 미**를 살린다.

② 그들이 쉽게 이해하게 하려면

⋯▸ 적절하게 **박스**를 활용한다.

③ 그들이 직관적으로 느끼게 하고 싶다면

⋯▸ **도형**을 이용한다.

④ '어딘가 심심하다'라는 느낌을 주고 싶지 않다면

⋯▸ 관련된 **사진 자료**를 이용한다.

⑤ 그들이 편하게 선택하고 결정할 수 있게 하려면

⋯▸ **핵심 문장**을 돋보이게 한다.

내용이 너무 많다고 느껴진다면 '① 여백의 미를 살린다' 이것 하나만이라도 확실하게 하면 됩니다. 이것만 알고 자료를 만들어도 여러분의 발표를 보는 상대방의 눈이 편할 테니, 마음도 편할 것이라고 생각합니다. 발표문을 쓰는 솜씨가 괜찮다 등의 이야기를 듣는 건 당연한 결과일 테고요.

스티브 잡스가
아주 잘하던 일 하나

  스티브 잡스, 오랫동안 우리 모두의 마음을 설레게 했던 분입니다. 그래서인지 그의 모든 것이 '흉내'의 대상이 되었습니다. 잡스처럼 입고, 잡스처럼 말하고, 잡스처럼 손짓하고…… 심지어 청바지에 어두운 계열의 티셔츠는 프레젠테이션 복장에 관한 한 '기준'이 되어버리기도 했습니다. 그러나 실생활에서 그대로 흉내 내고 따라 하기는 곤란한 감이 없지 않아 있습니다.

  그중에서도 우리의 머리를 가장 아프게 했던 건 스티브 잡스의 프레젠테이션이 아닐까 합니다. 슬라이드 화면은 뭐든지 무작정 욱여넣으면 되는 줄 알았는데, 잡스의 배경에는 색은 검정 아니면 하양으로만 그리고 글자와 그림 역시 딱 하나만 깔끔하게 배치되었고, 그걸 스토리로 엮어내는 그의 역량은 후대 발표자들에게 큰 숙제로 남았습니다.

그의 잘못이라곤 사람의 마음을 잘 읽어낸 죄밖에 없습니다. 프레젠테이션의 속성을 알아채지 못했던, '줄임'과 '비어 있음'의 무한한 가능성을 몰랐던 잡스 이전 사람들의 쓰기가 문제였던 것뿐입니다. 저 역시 그랬습니다. 나름대로 강사랍시고 청중들이 지루해 죽을 것 같은 자료들을 넘치도록 들고 가서는 '내가 이렇게 준비해왔다고!' 하며 자랑했었죠. 지금 생각하니 부끄럽기만 합니다. 저를 보며 '언제 끝날까' 하고 시계만 보는 청중의 신호를 알아채지 못하면서 성실함, 정확히는 양만 충분하면 된다는 착각만 가득했습니다. 잡스를 몰랐고, 발표의 본질도 몰랐던 것입니다. 노가다 스타일의 근면성 하나만으로 승부를 보려고 한 저의 실수였습니다.

프레젠테이션은 흘낏 쳐다보는 매체, '옥외 간판'과 같은 속성을 지닙니다. 옥외 간판은 거리를 지나치는 사람들에게 봐도 그만, 안 봐도 그만인 존재입니다. 옥외 간판을 보듯, 즉 스치듯 지나가는 청중의 눈길을 잡아내기 위해 고민하는 게 발표자에게 주어진 과제입니다. 잡스는 그걸 해냈습니다.

그는 간결함이라는 무기의 힘을 아주 잘 파악하고 있었습니다. 설득하려는 이와 가장 확실하게 소통하는 법이 간결함이라는 것을 알고, 이를 실무에 잘 적용했습니다. 복잡한 것, 중복되는 것, 이 두 가지를 잘 줄여 오직 핵심만 남겼습니다.

복잡함을 제거하는 일은 글자와 그림을 줄이는 것에서부터 시작됩니다. 그렇다고 무조건 단순화하라는 것은 아닙니다. 핵심을 전달하는 데 꼭 필요한 것만 제시하자는 뜻이지요. 다음으로 중복되는 것을 줄인다는 건 말 그대로 같은 내용을 반복하지 않는다는 의미입니다. 예를 들어 발표자가 말로 명확하게 설명한 것을 굳이 프레젠테이션 화면에도 담을 이유는 없습니다. 말로 설명하는 내용이 그대로 슬라이드에서 반복되는 건 지루함만 불러일으킵니다. 여백을 두는 여유를 가질 줄 알아야 자료가 한 단계 업그레이드됩니다.

보고서 역시 마찬가지입니다. 직장인이라면 아마 한 번쯤 들어보았을 겁니다. '원 페이퍼 보고서', 자료를 불필요하게 양만 늘리지 말고 한 페이지로 간결하게 요약하라는 겁니다. 물리적으로 한 장이라는 제한을 두어 핵심에 쉽게 다가가기 위한 취지입니다.

보고서가 짧아진다는 건 최종 결정을 하는 의사 결정권자의 노력을 줄여준다는 의미가 되기도 합니다만 그보다는 현장에 있는 발표자가 자기의 일에 대해 스스로 정리되었음을 뜻하기도 합니다. "당신이 한 일이 무엇인가요?"라는 질문에 대해 "네, 제가 한 일은 ~입니다"라고 바로 답할 정도가 되었다는 말이죠.

"도대체 무슨 말을 하는 겁니까?"라는 지적을 듣는 대신에 "아, 그런 말이었군요!"라는 감탄을 받고 싶다면 더더욱 필요한 축약의 힘입니다. 언제, 어디서든 자신이 한 일을 한 페이지로 요약하고 정리할 수 있는 수준은 되어야 합니다. 이를 위해서는 핵심적인 결론을 요약하여 먼저 제시하고, 이후 그 논거, 특히 현장의 구체적인 사례를 나열하는 것에 익숙해지도록 연습하면 좋습니다.

물론 여러분이 실용적인 글쓰기, 즉 직장에서 보고서나 대학 논문 혹은 청중 앞에서의 발표가 아닌 서정적이고 감동적인(!) 글을 쓰는 일을 시도한다면 방식을 다르게 진행해도 됩니다. 소설, 수필 등이 그것인데, 이 경우는 미괄식으로 쓰는 게 적절할지도 모르겠습니다. 하지만 지금 말하고 있는 건 먹고사니즘에 관한 쓰기이니 이는 잠시 접어두겠습니다.

다시 프레젠테이션 이야기로 돌아가 보겠습니다. 이제 여러분이 프레젠테이션을 준비하게 되었다면 다음 두 가지는 늘 점검하고 있기를 바랍니다.

① 이 슬라이드는 꼭 필요한가? 아니면 빼도 되는가?
② 이 슬라이드가 꼭 필요하다면 줄여야 할 부분은 무엇인가?

슬라이드에 아무리 공간이 많이 남아 있어도 단 하나의 키워드만 담았던 잡스가 강조한 경영철학 중에 '간단하고 단순하게 하라'는 것이 있습니다. 실제로 그를 다룬 전기 영화 「잡스」에는 이런 장면이 나옵니다. 인도에 여행을 간 잡스는 영적 지도자 파라마한사 요가난다Paramahansa Yogananda가 쓴 책을 읽는데 그 책에서 한 문장을 찾아내어 일생의 화두로 삼는 신이 있습니다. 그 문장은 이러했습니다.

"최대한 단순하게 생활할지어다. 그러면 너희의 삶이 놀랍도록
평안해질 테니."

저는 이를 이렇게 변형하여 국어력의 표어, 나아가 인생의 교훈으
로 삼고자 합니다.

"최대한 줄여라. 그러면 너희의 삶이 놀랍도록 평안해질 테니."

프레젠테이션을 만들 때마다 늘 허둥댄다면, 글을 쓰고 있는데 영
매끄럽지 않다면, 그때가 바로 불필요한 것을 덜어내고 줄여야 할
때입니다.

31

지금보다
더 잘 쓰고 싶다면

저는 대학원을 졸업했습니다. 대학원 수업 중에 '문헌 연구 방법론'이라는 과목이 개설되었고 이를 수강한 적이 있습니다. 수업은 논문을 쓰는 방법 중 특히 형식적인 틀을 갖추는 것에 대해 논의하는 것이 핵심이었습니다. 교과목을 맡은 교수님께서는 늘 이렇게 강조하셨습니다. "논문이란 주제, 즉 논지에 대한 명확성 이상으로 논문이라는 '형식 그 자체'를 잘 갖추는 게 매우 중요합니다."

이후 교수님은 '성인의 쓰기'가 아니라 '초등학생의 쓰기'를 알려주듯이 별것 아닌 것처럼 보이는 부분 하나도 수십 번씩 반복해서 강조하며 수업을 진행하였습니다. 한 말을 하고 또 하고…… 가끔은 '이렇게까지 반복해야 하나?'라는 생각이 들 정도였으니까요.

수업이 중반에 접어들면서 학생들은 자신이 준비하던 논문의 주제로 약식 발표문을 작성하는 과제를 부여받게 됩니다. 논문의 형식을 갖추어 수업 시간 중에 발표하고 토론하며 서로 이야기를 나누게 되었죠. 시작할 때만 해도 저는 '다른 학생들이 준비 중인 주제에 대해 폭넓고 깊은 대화를 나눌 수 있겠다'라는 생각을 갖고 있었습니다.

그래도 석사 과정에 있는 학생들인데 논문 형식 문제로 어려움을 겪는 사람은 당연히 없을 거라고 여겼습니다. 문제가 된다면야 논문의 주제, 창의적인 연구자의 생각 정도일 것이라고 짐작했습니다. 치열한 토론, 새로운 논리의 생성 등에 대한 기대가 컸습니다. 그러나 발표가 시작됨과 동시에 제 예상은 완전히 깨졌습니다.

매력적이지 않은 논문 주제, 앞뒤가 맞지 않는 논리 전개 혹은 연구자의 창의력만 가득한 내용, 이런 것들은 전혀 문제가 되지 않았습니다. 의외로 수업 시간에 교수님이 그토록 강조했던 '형식'을 제대로 갖추지 않은 꼴이 문제였습니다. 반드시 갖춰야 할 형식이 지켜지지 않은 발표문을 작성한 수강생이 많아도 너무 많았습니다.

토론은커녕 형식을 갖추지 않은 발표문에 대해 교수님이 지적하는 것만으로도 시간의 대부분이 그냥 흘러가버렸습니다. 교수님은 발표 수업 이전에 분명 이렇게 강조하였습니다. "논문명, 잡지명, 신문명은 낫표(「 」)로 표기합니다. 단행본 등 책의 제목은 겹낫표(『 』)로 표기하시고요."

이 말은 제가 들은 것만도 열 번이 넘는 걸로 기억합니다. 그런데 상당수의 학생이 단행본 제목을 쓸 때, 이를테면 『상담이론』으로 표기하지 않고 '상담이론' 혹은 「상담이론」으로 표기했습니다. 신기했습니다. 수없이 반복한 교수님의 말을 일방적으로 무시해버린 발표자들을 보면서 저는 수강생들의 쓰기 역량에 대해 다시 한번 생각하게 되었습니다.

수업 중 교수님의 말을 들은 것이 맞는지 전혀 알 수 없을 정도로 자기 마음대로 쓴 발표자들이 계속 속출했습니다. 또 교수님은 수업 시간 중 논문 표절의 위험성을 강조하면서 그것을 극복하는 방법으로 "직접 인용일 경우 3행 이내는 큰따옴표(" ")로 문장 안에 기술합니다"라는 말도 수없이 했었는데 많은 이가 이조차도 놓쳤더군요.

그들의 태도도 아쉬웠습니다. 왜 이렇게 하였는지 묻는 교수님의 질문에도 "잘 몰랐어요" 아니면 "고치려고 했는데 깜빡했어요" 등 자기방어에만 급급했습니다. 상대방의 말에 귀를 기울이지 않은 자세에 대한 반성의 모습은 그다지 보이지 않았습니다. 이렇게 말하는 저 역시 마찬가지였습니다. 교수님께서 강조한 내용을 뻔히 위반한 부분이 한두 곳이 아니었으니까요. '이 정도는 괜찮을 거야'라는 안일한 생각으로 형식을 제 마음대로 써버린 것이죠.

대학생이라면 교수님이 평가자입니다. 회사원이라면 상사가 의사 결정권자입니다. 논문, 보고서 등은 모두 이들의 입장에서 생각하고 쓰면 됩니다. 잘 생각이 나지 않는다면 그들이 하라고 하는 대로만 하면 됩니다. 그뿐입니다.

우리의 글이 늘 그 모양이었던 이유, 이제는 짐작되십니까. 정해진 규칙대로 쓰지 않아서 그런 것입니다. 유명한 저자나 명사처럼 멋진 작품을 쓰려고 하기 전에 '써야 할 것'부터 쓰십시오. 그러면 최소한 중간은 갑니다. 놀랍게도 우리 주변에는 중간도 가지 못하는 어른이 너무나 많습니다.

32

잠시만요,
읽는 사람을 생각하고 썼나요?

'쉽빠', 욕설인 줄 알았습니다. 알고 보니 '쉽고 빠르다'라는 문장을 축약한 것이었습니다. 비속어를 연상시키며 한 렌터카 서비스 회사의 광고에 등장한 말로, 회사가 자신들의 서비스를 고객이 쉽고 빠르게 이용할 수 있다는 강점을 명확하게 드러내고자 이런 용어를 만들어 쓴 것입니다. 다소 무리가 있긴 하나 소비자의 뇌리에 남게 한 성과는 있었습니다.

저는 '쉽빠'가 아닌 '쉽짧'을 우리의 글쓰기에 도입하면 어떨까 합니다. 발음은 어렵지만 줄일수록 더 중요한 것을 전달할 수 있다는 것, 한마디로 '짧게 썼을 때 얻게 되는 이점'을 많은 이가 알았으면 하는 바람이 있기 때문입니다.

몇 년 전의 일입니다. 책 한 권을 출간한 후에 담당 편집자님과 술을 마시게 되었습니다. 당연히 기분 좋고 마음 편한, 그런 분위기였어야 했는데 신통치 않은 판매 결과 때문에 다소 우울했습니다. 그런 우울함에 일종의 절망감까지 느끼게 되었습니다. 술잔이 몇 번 돌았을 때 편집자님이 툭 던진 한마디 때문이었죠. "사람들이 읽는 능력을 잃어버렸어요."

그 말은 이런 뜻이었습니다. 사람들은 이제 글자를 읽을 뿐이지 문장을 읽지 못한다, 정확히는 문장을 이해하지 못한다, 읽은 글이 무슨 뜻인지 파악하지 못한다, 그래서 책 판매가 점점 어려워진다는 것이었습니다. 아차 싶었습니다. 그 말 너머로 저를 탓하는 게 아닌가 하는 생각이 들었던 거였죠. 저를 한번 되돌아봤습니다.

'긴 문장을 읽기 힘들어하는 사람들, 이들을 위해 나는 무슨 노력을 했지?', '쓰면 읽어주겠지 하는 오만함 속에서 글을 써왔던 건 아닐까?', '읽히지 못하면 잊히는 세상에서 나의 쓰기는 어떠했는가?', 나름대로 글을 쉽게 쓴다는 말을 들어왔습니다. 하지만 고백하자면 저와 다른 타인의 읽는 능력에 대한 고민은 부족했습니다. 제 글을 읽는 혹은 앞으로 읽어줄 분들에 대한 예의를 다하지 못하고 있었던 것입니다. 읽지 못하는 사람을 탓하기 이전에 그분들을 예상 독자로 두고 어떻게 쓸지를 고민하는 게 먼저였습니다.

과거에 글을 쓰는 사람은 일종의 특권층으로 인정받았습니다. 그래서일까요. 타인의 생각을 짓밟는, 폭력적인 자기주장의 글쓰기도 제법 허용되었습니다. 타인이 이해하지 못할 만큼 일방적이며 현학적인 글도 큰 추앙을 받았죠. 그러나 지금은 시대가 변했습니다. 모든 사람이 글을 쓸 수 있는 시대입니다. 글을 써서 올릴 수 있는 플랫폼이 여기저기 가득하며 글을 읽는 사람에게 온전히 선택권이 있습니다.

읽기 싫은 글은 읽지 않으면 그만입니다. 이런 세상에서 글이 생명력을 갖기 위해선 글을 쓰는 사람이 내용과 형식을 정하려고 애쓰기보다 글을 읽는 사람의 선택에 기대어야 합니다. 두서없이 자기주장만 가득한, 글을 산만하게 만드는 요소는 없애야 합니다. 그제야 비로소 "읽어주시겠습니까?"라고 세상에 말할 수 있습니다. 복잡하고 긴 글은 독자의 끈기를 확인하는 인내심 테스트일 뿐입니다. 글을 읽으며 자신의 끈기를 확인해보려는 독자는 이제 존재하지 않습니다. 그러나 쓰기에만 '쉽짧'이 적용될까요? 배달의 민족으로 유명한 기업 우아한 형제들의 창업자 김봉진 씨의 일화가 있습니다. 그는 본인 인생 전환점의 계기가 바로 '짧게 깎은 머리'라고 합니다.

김봉진 씨는 한 인터뷰에서 본인이 머리를 짧게 깎은 뒤, 프레젠테이션을 진행하게 됐는데 당시 참여한 고객사 분들께서 그의 달라진 외모에 관심을 보였다고 합니다. 이에 긍정적인 기운을 얻은 그는 더 자신감 있는 태도로 업무를 진행하게 되었다고 합니다. 사람들이 본인을 더 좋아하게 된 듯한 느낌도 받았고요. 궁극적으로 짧게 깎은 머리가 자기 자신을 바꾸었다는 인상을 받았다고 합니다.

조금 생뚱맞게 느껴질지도 모르는 일화입니다만 '짧게 깎은 머리가 나를 바꿨다'라는 표현이 참 흥미롭습니다. 짧은 머리가 타인에게 더 강렬한 인상을 심어준 것이지요. 글쓰기도 마찬가지입니다. 이제부터는 한 줄을 더 쓰기 전에, 한 문단을 더 추가하기 전에 '읽히도록 쓴다는 것'이 무엇인지 고민하면서 글을 완성해보는 것이 어떨까요.

33

베끼고
또 베껴야 하는 이유

지난여름은 유난히 더웠습니다. '유난히'라는 단어를 함부로 쓰기도 그렇습니다. 해가 지날수록 유난히 더워지고, 날이 바뀔수록 유난히 추워지니까 말이죠. 생각해보면 날씨의 문제가 아니라 허약해지는 우리의 몸이 문제가 아닐까 하고 생각해봅니다. 몸이 더위와 추위를 잘 견디지 못한다는 것이니, 날씨로 핑계를 대는 대신에 본인의 체력부터 잘 관리해야겠다고 다짐해봅니다.

유난히 더운 여름엔 보고를 하는 우리도, 보고를 받는 그들도 (직장 상사) 모두 유난히 짜증스러워집니다. 우리와 그들은 '기울어진 운동장'에서 만나는 사람들이니 개인적 감정은 잠시 미뤄두고 그들의 짜증이 사라지도록 글을 써야 합니다. 고단한 형식을 감당하는 건 쓰는 자, 바로 우리의 몫입니다.

보고서는 직장에서 일하는 수많은 회사원을 절망으로 몰아가는 주범이기도 합니다. 교육 컨설팅 회사에서 근무하는 한 친구는 "저는 쓰는 보고서마다 퇴짜를 맞아요. 스트레스가 장난이 아니에요"라고 말했습니다. 특히 그가 가장 듣기 싫은 말은 "보고서, 이게 최선인가요?"랍니다. 들을 때마다 최악의 기분을 맛본다고 하더군요.

그와 함께 '보고서의 기쁨과 슬픔'에 대해 이야기를 했습니다. 그런데 그가 집중하는 부분은 제가 생각한 보고서의 포인트에서 엇나가 있었습니다. 어른이 쓰는 글의 핵심은 '겉보기에 그럴 듯한 화려함'보다는 '구조의 탄탄함'에 있어야 합니다. 있어야 할 곳에 있어야 할 내용이 포함되어야 하지요.

만약 회사에서 "글 하나만큼은 정말 잘 쓴다"라고 인정받고 싶다면 다음의 한 줄을 기억해두세요.

"부서에서 보고서를 잘 만드는 사람의 글 하나를 모델로 삼아 그대로 따라 한다."

쉽죠. 현재 속한 부서에서 '글을 잘 정리하는 누군가'가 만든 보고서를 입수하여 적절하게 참고하여 자료를 만들면 됩니다. "표절 아니야?"라는 말을 듣는 거 아니냐고요. 아닙니다. 오히려 '참 잘했어요'라고 칭찬받습니다. 회사는 여러분에게 새로운 창작물을 가져오라고 요구한 적이 없습니다(보고서에 한해서). 그리고 꼭 보고서가 아니어도, 기획안이든 제안서든 간에 회사(상사)가 원하는 것은 어느 정도 정해져 있습니다. 이를 빨리 캐치해야 합니다.

실제로 모 그룹에서 보고서를 잘 쓰기로 소문난 분이 자기의 생각을 이야기한 적이 있는데 그 역시 마찬가지였습니다. "잘 쓴 보고서를 어떻게 해서든지 찾아내세요. 그 포맷을 염두에 두고 보고받을 사람이 원하는 게 뭔지, 그걸 어떻게 논리정연하게 드러낼 것인지 등을 고민해보세요. 이게 전부입니다. 그렇게 하다 보면 보고서에 관한 한 '홍보팀 OO 대리, 보고서 하나는 끝내준다'라는 말을 듣게 될 겁니다."

보고 혹은 보고서에 관한 강좌를 듣는다고 상상해봅시다. 배운 대로 파워포인트에 동영상을 첨부하고, 엑셀 자료를 멋지게 그래프로 만들어 붙여도 봅니다. 혹은 누군가가 추천한, 대통령에게 간 보고서 양식도 뒤적입니다. 그럼에도 불구하고 여전히 "도대체 무슨 말을 하고 싶은 거냐"라는 반응을 얻고 있다면 모든 걸 잠시 일단 멈춘 뒤, 여러분이 속한 영역에서 최고의 보고서부터 찾아보세요.

보고서를 쓸 때는 개조식이어야 한다, 서술식이어야 한다 등의 논쟁도 허무합니다. 아무 의미가 없습니다. 직장 생활을 해보니 어떤 상사는 서술식의 보고서를 중요시하고, 또 다른 상사는 줄마다 번호를 매겨서 내용을 쓰게 하는 개조식 보고서를 선호한다는 걸 알게 됐습니다. 일률적으로 무엇이 옳음을 정할 수 없는 겁니다. 이제 괜한 고민으로 시간을 보내지 마시고, 통과를 부르는 괜찮은 샘플 하나를 찾으세요.

전 세계에서 300만 부가 넘게 팔렸다는 책『설득의 심리학』의 저자인 로버트 치알디니Robert Cialdini 역시 이와 비슷하게 생각한 듯합니다. 그가 '유사성'이라는 개념을 제안한 바 있는데, 이는 사람은 작은 공통점만 있어도 상대방에게 긍정적 반응을 보이게 된다는 것입니다. 이를 우리의 쓰기에 적용한다면 상사가 이미 인정하여 검증된 자료를 업무에서 활용하여 한 번에 통과받는 것을 목표로 삼는 겁니다.

화려한 보고서 매뉴얼 책보다 100만 배는 더 소중한 자료는 따로 있습니다. 여기까지 정확하게 이해했다면 여러분은 이제 '보고의 신'이 될 준비를 마친 셈입니다.

34

SNS를 '인생의 낭비'로
쓰고 있는 당신에게

"모든 SNS 계정을 삭제하라. 그리고 다시 시작하라."

저는 현재 SNS를 하고 있는 분들에게 이렇게 권하고 싶습니다. 단, 다음의 두 가지 조건에 다 해당된다면 그대로 두어도 됩니다. 첫째, 현재 나는 유명한 사람이 아니다, 둘째, 미래에 나는 유명해지고 싶지 않다.

여러분이 지금 유명한 사람이 아니면서도 미래에도 그렇게 될 계획이 없다면 SNS는 그대로 놔두어도 됩니다. 하지만 그게 아니라면 계정을 한번 정리하는 게 좋습니다. 아깝다고 생각할 필요는 없습니다. 어차피 지금까지 SNS에 올린 모든 게시물이 무용지물에 불과하니까요. 계획 없이 업로드된 콘텐츠는 여러분의 가치를 떨어뜨렸고, 지금도 떨어뜨리고 있으며, 앞으로도 떨어뜨릴 겁니다.

SNS는 그 속성 때문에 큰 고민 없이 글을 올리기 쉽습니다. 하지만 정말 신중하게 써야 합니다. 한번 올린 글은 삭제해도 사라지지 않기 때문입니다. 플랫폼 제공 사업자의 서버에 여전히 남아 있는 셈이죠. 그렇기에 이왕이면 모두 삭제하고 새롭게 시작하기를 바랍니다. 화가 나서 속된 말로 '싸질러놓은' 글이 본인에게 유리하게 작용할 일은 없을 겁니다.

이전 계정을 삭제했다면 이제 다시 SNS를 만들 차례입니다. 일단 생각부터 바로잡고 시작하세요. 위에서 말한 것을 거꾸로 생각하면 됩니다. 첫째, 현재 나는 유명한 사람이다, 둘째, 미래에 나는 유명한 사람이 될 것이다. 이제 자신의 이미지를 위해서라도 SNS에 올리는 글 하나하나에 좀 더 관심을 둘 수 있을 겁니다. SNS는 가상의 자신이 사는 장소입니다. 본인이 사는 장소를 세상에 아무렇게나 보여주면 안 됩니다. 내가 SNS 계정에서 말하는 것들은 속된 말로 '있어 보여야' 합니다.

그럼 어떤 것을 주제로 SNS에 글을 써야 할까요. 이런 예로 대신해볼까 합니다. 제가 싫어하는 식당이 있습니다. 기차역 앞 혹은 버스터미널 부근에 있는 세상의 모든 음식을 팔 듯한 식당들입니다. 누가 찾아올지 모르고, 어떤 식성을 가진 사람이 들어올지 모르기에 김밥과 라면부터 청국장, 된장찌개를 거쳐 회덮밥과 불고기백반까지 파는 음식점들. 메뉴는 다양하지만 사실 맛있는 곳은 거의 없습니다. 모든 국물에서 같은 조미료 맛이 나는 음식을 먹고 나면 입안

전체가 텁텁해지는 느낌에 식당을 나서며 '다른 곳에 갈걸' 하고 본인을 원망하곤 하죠. SNS에 글을 쓸 때도 마찬가지입니다. 가능하면 하나의 키워드를 잡아서 글을 쓰는 게 좋습니다. 처음부터 독서, 음악, 영화, 맛집, 육아 용품 등 모든 분야에 관심을 두고 게시물을 올리는 건 별로라는 말입니다.

SNS는 '내 마음대로의 자신'이 존재하는 곳이 아닙니다. 있는 감정, 없는 감정 모두 함부로 끼적거리는 배설구가 아니라는 뜻입니다. SNS는 자신의 역량과 가능성이 투자되어야 하는, 의미 가득한 공간이어야 합니다. 나를 보여주는 곳이기에 아무렇게나 생활하는 자신의 모습을 올리지 말아야 합니다.

SNS가 본인의 성장에 결정적 무기가 될 수 있는 요소임을 확인했다면 이제 무엇으로 유명해질 것인지 주제를 선택하고, 어떻게 유명해질 것인지에 대한 구체적인 계획을 세워야 합니다. 만약 여러분이 마케팅 부서에서 일하면서 늘 숫자를 만지고 산다면 숫자에 관한 주제로 SNS를 만들어 보는 건 어떨까요. 숫자를 보는 법, 숫자가 어떻게 움직이는지를 통찰하는 법을 하나하나 적어 내려가는 겁니다. 반대로 영업사원이라면 영업 중 겪은 실패담과 성공담, 영업을 다니며 느낀 단상을 짧게 올리는 SNS를 만드는 겁니다.

잘난 척하라는 건 아닙니다. 그러면 실패합니다. 앞에서 말했듯 이왕이면 어쩌다 숫자를 잘못 다룸으로 인해 낭패를 당한 에피소드를 쓰는 게 좋습니다. 잘난 점 말고 못난 점을 아낌없이 게시물에 올리는 것, 적극 추천합니다. 물론 실패 사례에 대한 극복기나 솔루션까지 같이 올려야 합니다.

이렇게 오직 하나의 키워드만 잡아서 줄기차게 글이나 사진을 올리기를 권합니다. 매일 한 문장씩 올리는 것만으로도 충분합니다. 꾸준하게 그것들을 쌓으면서 운이 따른다면 일명 팬덤도 생기고, 여러분이라는 이름의 브랜드 관점에서 차별화 포인트도 만들어집니다. 게시물을 보는 누군가의 덧글에 답글을 하면서 글을 쓰는 양도 늘려갈 수 있고, 질적으로도 성장할 겁니다.

참고로 이렇게 말하는 저는 SNS 계정을 거의 사용하지 않습니다. 페이스북 친구라곤 2023년을 기준으로 달랑 여덟 명이 전부입니다. 직장은 물론 가정과도 관련 없는 사람들입니다. 제가 관심 있는 분야의 전문가 혹은 내가 좋아하는 독서와 관련 있는 사람들이 페이스북 친구의 전부죠. 인스타그램도 계정만 있을 뿐이지 사용하지 않습니다.

이유는 두 가지였습니다. 첫 번째는 쓰기가 아닌 읽기의 문제에 관한 것이긴 한데 수없이 많이 업데이트되는 글들이 저를 혼란하게 했습니다. 저는 '멀티'가 안되는 사람입니다. 한 번에 하나씩만 하는 것에 익숙합니다. 회사에선 업무만 할 수 있고, 집에서는 책을 읽고 글을 쓰는 일만 합니다. 이런 저에게 시도 때도 없이 삑삑대는 SNS의 알림은 그 자체로 스트레스였습니다. 두 번째로는 자신이 없었습니다. 저는 SNS를 통해 유명해지는 것을 꿈꾸기보다는 그냥 책을 읽고, 책을 쓰며 가끔 누군가와 관심 있는 주제를 폐쇄된 공간에서 얘기하는 것으로도 대만족입니다. 제가 쓴 원고를 책으로 만들어주는 출판사의 입장에서는 불만스럽겠지만 (페이스북 친구가 많다면 책 판매에도 도움이 될 테니까) 저는 그런 깜냥이 되지 않음을 스스로 잘 알고 있습니다.

그래도 여러분만큼은 SNS를 적극적으로 활용하기를 바랍니다. 이를 통해 언젠가 본인의 이름을 내건 브랜드에 도전해볼 수도 있을 것이며, 그 과정에서 쓰기 능력도 몰라보게 좋아질 것이라 확신합니다. 세상이 변했습니다. 교육도, 쇼핑도 심지어 제가 쓰는 책도, 우리의 쓰기에 대한 수요자는 모두 SNS 공간 속에 있습니다. SNS 글쓰기는 필수입니다. 단, 거듭 강조했듯 잘 설계된 SNS여야 합니다.

이제 어떤 글을 SNS에 올리겠습니까? 여러분이 하나씩 올리는 글이 어쩌면 여러분의 미래일 수도 있습니다. 그 미래가 아름답고 건강하기를 바랍니다.

35

퇴고하지 않는 글은
발전도 없습니다

상대방이 들어주지 않는 말하기는 공허하듯이, 상대방이 읽어주지 않는 글쓰기는 허망합니다. 기껏 노력해서 쓴 글, 누군가가 읽어주지 않는다면 아쉬운 일입니다. 내용 그 자체에 문제가 있다면야 할 말이 없을 수도 있겠습니다만 말 그대로 주옥같은 글임에도 불구하고 세상이 읽어주지 않는 글, 어떻게 해야 할까요. 여기에 가장 쉬우면서도 기본적인 방법이 있습니다.

"소리 내어 읽으면서 글을 다듬으면 글이 편해진다!"

우리가 글을 두 번, 세 번 다듬고 또 다듬어야 하는 이유입니다. 나의 입으로 술술 잘 읽히지 않는 글은 상대방에게도 마찬가지임을 기억하고, 읽고 또 읽으면서 글을 고쳐보십시오.

'퇴고推敲'라는 말이 있습니다. '밀 퇴', '두드릴 고'를 사용한 한자어입니다. 글을 지을 때 문장을 가다듬는 것을 의미합니다. 의문이 생깁니다. 밀고 두드림이 문장과 어떤 연관이 있는 걸까, 여기에는 이유가 있습니다. 당나라의 유명한 시인 한유韓愈가 경조윤이라는 벼슬을 지낼 때의 일입니다. 하루는 가도賈島라는 시인이 거리를 거닐면서 시詩에 골몰하고 있었답니다. 그는 이런 작품을 착상했습니다.

閑居隣竝少한거린병소
草徑入荒園초경입황원
鳥宿池邊樹조숙지변수
僧○月下門승○월하문

한가로이 머무는데 이웃도 드물고
풀숲 오솔길은 적막한 정원으로 통하는구나.
새는 연못가 나무 위에 잠들고
스님은 달 아래 문을 _____.

시의 마지막 구절 중에 빈칸이 보이시죠? 가도는 시의 빈칸에 어떤 말을 넣어야 할지 고민하고 있었습니다. 역시 시인은 다릅니다. 글자 하나에도 이렇게 고민하다니 말이죠. 그의 고민은 이러했습니다. '문을 '두드리네敲'가 좋을까, 문을 '미네推'가 좋을까?' 정신이 팔린 사이에 갑자기 큰 소리가 들려왔습니다. 가도가 너무나 몰두한 나머지 누군가가 오고 있음을 알아채지 못한 것이죠.

"길을 비켜라! 경조윤께서 나가신다." 미처 피하지 못한 가도가 고개를 들어 바라보니 한유가 앞에 있었습니다. 수행원들은 길을 가로막은 가도를 붙잡아 한유 앞에 세웠고요. 옛날에는 길을 비켜 서지 못한 것도 죄로 취급되었나 봅니다. 하여간 한유는 길을 막은 가도의 이유를 들어보기로 했습니다. 가도가 본인의 입장을 밝히고 설명을 마치자 한유가 한참을 골똘히 생각하더니 이렇게 조언했습니다.

"내 생각에는 '두드리네敲'가 좋은 것 같군." 그렇게 시가 완성됐습니다. '승고월하문僧敲月下門', 즉 '스님은 달 아래 문을 두드리네'라고 말이죠. 시를 좋아했던 한유는 가도를 친구로 삼았습니다. 함께 시를 이야기하는 친구로 말이죠. 그때부터 우리는 글을 가다듬는 것을 두고 '퇴고'라고 하게 되었답니다. 퇴고라는 단어, 이렇게 보니 낭만이 가득합니다. 낭만뿐일까요. 퇴고는 우리의 쓰기에도 기능적으로 훌륭한 지침을 제공합니다.

퇴고는 정말 중요합니다. 제 경험을 말씀드리겠습니다. 저는 책을 쓸 때 초벌로 쓴 원고를 두고 '쓰레기'라고 스스로 말합니다. 초고 단계부터 완성된 글을 쓰는 건 정말 어렵습니다. 종종 일필휘지로 쓰는 능력을 지닌 분도 있다고는 하지만 그것은 제가 따라갈 수 없는 영역입니다. 그렇다면 어떻게 퇴고를 진행해야 할까요? 저는 다음의 몇 가지를 염두에 둡니다.

첫째, 무조건 종이로 출력하여 글의 내용을 살핍니다. 모니터에서 읽는 것과 종이에 인쇄된 글을 읽는 건 정말 다릅니다. 모니터로 읽을 때는 보이지 않던 것들이 신기하게도 종이로 출력하면 보이는 경우도 많습니다. 종이가 아깝다고 모니터에 보이는 글자에만 집중하지 마세요. 우리의 생각을 세상으로 펴내기 위해 종이 가격 정도는 충분히 바칠 만한 것입니다.

둘째, 세부 내용보다는 전체 구조에 집중합니다. 초고를 작성할 때는 일단 쓰는 행위 자체에 집중하느라 전체 구조를 깊이 생각하기 힘듭니다. 글 구조의 기본 단위는 단락입니다. 퇴고를 진행할 때는 단락의 배치와 글 흐름의 편안함도 확인합시다. 그리고 가능하면 단락을 적절하게 구분하고 정리하는 연습을 많이 해보세요.

마지막으로 소리 내어 읽어봅니다. 이 부분이 저에게 가장 큰 도움이 되었습니다. 퇴고의 핵심적인 절차가 되는 부분이죠. 저는 퇴고가 거듭될수록 소리를 내어 원고를 읽어보는 과정을 반드시 거치는데, 눈으로 볼 때는 별로 이상하지 않아 넘어갔던 부분도 입으로 읽어 보면 어색한 경우가 꽤 많았기 때문입니다. 저는 다소 시끄러운 카페에 가서 홀로 중얼중얼대면서 글을 정리하곤 합니다.

사실 자신의 글이 좋은지 나쁜지 아는 더 좋은 방법이 있긴 합니다. 다른 사람이 글을 읽은 뒤에 어떤지 솔직하게 평을 들려준다면 그보다 더 좋을 수 없습니다. 하지만 누가 재미없는 글을 소리까지 내면서 읽어줄까요. 읽었다고 해도 솔직하게 피드백해줄 것을 기대하기도 어려운 일이지요. 그러므로 자신의 글을 읽고 또 읽는 노력을 아끼지 말아야 합니다.

　퇴고와 친해지세요. 퇴고에 거침이 없으면 우리가 쓴 글은 독자에게도 편하게 읽힙니다. 그 과정에서 열심히 쓴 글이 뭉텅뭉텅 잘려나가기도 하지만 이를 아까워하지 마세요. 소중한 글이 상대방에게 잘 읽히도록 하는 그야말로 핵심적인 과정이니 말입니다.

36

문해력 부족의 시대에서도
살아남는 콘텐츠의 비밀

    문해력 부족의 심각성, 머리말에서 언급한 부분입니다. 특히 요즘은 10대 학생들의 문해력 문제가 계속해서 대두되고 있습니다. 실제로 성적이 낮은 학생의 경우, 공부의 양이 부족해서가 아니라 시험 문제가 무슨 뜻인지를 몰라서 답을 쓰지 못하는 상황이 종종 발생하곤 한답니다. 묻는 말에 대답은커녕 질문 자체를 이해하지 못하다니, 너무나 큰 불행인 듯합니다. 상대의 말을 이해하지 못하는 상황에서 꾸역꾸역 답변해야 하는 답답함, 결국 자기 말만 쏟아낼 수밖에 없는 현상은 출구 없는 대화처럼 갑갑하기만 합니다.

    학생들만의 문제는 아닙니다. 어른들은 더 심각합니다. 수많은 정치인, 기업인 등이 부족한 문해력으로 인해 '한 방'에 몰락하는 사례가 얼마나 빈번합니까. 이밖에도 인생을 살아갈 때 적절한 문해력을 갖추지 못하면 언어적 문제에 대한 원활한 대응이 어렵고 인간 관계도 잘 유지하기가 쉽지 않습니다.

어른다운 국어력의 핵심은 결국 문해력일 겁니다. 사회적으로도 문제가 되어버린 이 현상을 어떻게 해결해야 할까요. 문해력을 기를 수 있도록 전국민 오프라인 집체 교육이라도 받아야 하는 걸까요, 아니면 지자체에서 재난 문자를 보내듯이 문해력 부족에 대한 경고라도 주기적으로 해야 할까요. 저는 이쯤에서 조금 달리 생각해보려고 합니다. '문해력 저하를 변하지 않는 상수常數로 보고 그들도 편하게 읽을 수 있게 쓰면 어떨까?' 글을 쓰는 사람이 조금 더 노력해보자는 겁니다. 상대방이 말을 알아듣지 못한다고, 글을 제대로 읽지 못한다고 타박하기 전에 우리가 어떤 신호로 말을 하고 글을 쓰는지를 고민해보자는 겁니다.

문해력이 부족하다고 하면 사람들이 글을 읽지 않아서 그런 것이라고 단정하는 분들도 있을 텐데 사실 사람들이 읽는 글의 양은 최근에 오히려 더 많아졌습니다. 심지어 요즘은 TV 프로그램을 보면 등장인물의 심리 상태에 자막까지 넣어주지 않습니까. 문해력 부족의 원인이 듣고 읽는 사람에게 있을 수도 있지만 글을 쓰고 말하는 사람의 태도도 돌아볼 필요는 있습니다. 간혹 '개떡같이 말해도 찰떡같이 알아들어야지' 하던 행태를 버리지 않는, 그런 태도로 쓰고 말하는 사람의 불친절함이 문제가 될 수도 있습니다.

저부터 반성해야겠습니다. 종종 이렇게 생각한 적도 있습니다.

'읽는 사람이 알아서 좋은 부분을 찾아 읽겠지', 이뿐인가요. 때로는 많이 쓰는 게 잘 쓰는 것이라고 착각하기도 했습니다. 예를 들어 원고지 500매를 써달라는 요청에 700매를 써놓고는 '나는 역시 글을 잘 쓰는 사람이야!'라며 자화자찬한 적도 있습니다.

글을 길게 쓰는 걸 역량으로 생각했던 과거의 제 모습이 이제는 부끄럽습니다. 적절한 이해와 소통에 지장을 주지 않는 선에서 최대한 줄여서 전달하려는 노력, 즉 '언어의 경제성'을 무시했던 것이죠. 한 영화 속의 처절한 대사처럼 '뭣이 중한지' 몰랐던 거였습니다. 제 글에 제가 원하는 신호만 담아내면 끝이라고 생각했습니다. 그 신호를 어떻게 전달할지에 대한 고민이 부족했지요.

요즘 잘나가는 유튜브 채널을 떠올려보세요. 조회수가 높은 인기 동영상은 대부분 무언가를 줄이고 요약한 것입니다. 책이건 영화건, 심지어는 정부의 부동산 대책이건 관계없이 명확한 언어로 약 10분 이내로 축약해서 보여줍니다. 터지는 콘텐츠의 비결 중 하나는 '줄임'에 있었던 것입니다.

과거의 글쓰기가 '무엇을 쓸 것인가'에 초점이 맞춰져 있었다면 오늘날의 글쓰기는 '어떻게 쓸 것인가'의 문제로 변했다는 것을 깨달아야 합니다. 글쓰기의 본질이 '무엇을 쓸 것인가'에 대한 과정이라고 한다면 글쓰기의 품질은 '어떻게 썼는가'로 결정됩니다. 여러분의 글이 타인에게 잘 읽히기를 원하시나요? 그렇다면 읽을 사람을 향해 마치 어려운 보물찾기를 하듯 해석할 것을 강요하지 않길 바랍니다.

　오늘날의 SNS에서 '좋아요'를 많이 받고 싶다면 쉽고 편하게 그리고 간결하게 줄여 쓸 줄 알아야 할 것입니다. 독단적이고 이기적인, 고집만이 가득한 자기 세계 속 글쓰기와는 이제 결별해야 합니다. 지금이 바로 그때입니다.

말과 글에 품격을 더하는 지적 어른의 필수 교양

어른의 국어력

초판 1쇄 발행 2023년 8월 11일
초판 5쇄 발행 2024년 2월 8일

지은이 김범준
펴낸이 김선준

편집이사 서선행
기획편집 배윤주 **편집2팀** 유채원 **디자인** 김예은
마케팅팀 권두리, 이진규, 신동빈
홍보팀 조아란, 장태수, 이은정, 권희, 유준상, 박미정, 박지훈
경영지원 송현주, 권송이

펴낸곳 (주)콘텐츠그룹 포레스트 **출판등록** 2021년 4월 16일 제2021-000079호
주소 서울시 영등포구 여의대로 108 파크원타워1 28층
전화 02) 332-5855 **팩스** 070) 4170-4865
홈페이지 www.forestbooks.co.kr

ISBN 979-11-92625-66-9 (03800)

(주)콘텐츠그룹 포레스트는 독자 여러분의 책에 관한 아이디어와 원고 투고를 기다리고 있습니다. 책 출간을 원하시는 분은 이메일 **writer@forestbooks.co.kr**로 간단한 개요와 취지, 연락처 등을 보내주세요. '독자의 꿈이 이뤄지는 숲, 포레스트'에서 작가의 꿈을 이루세요.

최소한의 언어 상식을 배우고 싶다면,
누군가로부터 '말이야 막걸리야'를 더는 듣지 않고 싶다면,
'사흘'이 왜 '4일'이 아닌 거냐고 더는 괴로워하지 않도록,

읽기를 통해 말하기를,
말하기를 통해 글쓰기를 배워
삶의 전투력을 높이고
마침내 세상이 나를 품격 있고 지적인 사람으로 봐줄 때까지.